真·爱的平行宇宙

八番目字母 著

目錄

推薦序——

平行宇宙中的人性祕密檔案

許皓宜／諮商心理師

收到這本書的完稿之後，一口氣，我把它從頭讀到尾。從一個個明明文字不長、結局卻讓你倒抽一口氣的短篇，直至最後一個用不同視角堆疊、組合起來的中篇小說。句點的那一刻，我忍不住以讚嘆的姿態闔上這本文稿。

是的，沒有錯，這就是我所認識的H。他的小說是愛情、也是懸疑，既是文學、也是心理，看起來好似別人的故事，卻也是我們內心深處可能永遠也不敢示人的慾望，讀起來彷彿在聽天方夜譚，裡頭卻夾雜著你我都無法否認的眞實。他的文字好輕、份量卻好重，所以你無法讀過一次就把它放下，需要一讀再讀、反覆回味，才能理解自己被勾到的那份思緒是什麼。

H是我認識的人中，想像力最豐富的一位。這本小說的故事看似彼此毫無關聯，卻緊緊依著「平行宇宙」這個主題，勾勒出藏在社會每個光明與黑暗的角落，最炫爛卻又詭異的遐想：

愛情裡頭最怕「相見恨晚」。那麼，如果有一個時光機，可以讓你回到過去「不用再恨晚」，你能確保當你和所以為的那個「對的人」相守時，他還是對的人嗎？

很多人擔心感情的不忠與背叛。但你有沒有想過，如果一個人對於找出小三的證據有所執念，會在宇宙中引發什麼樣的蝴蝶效應？

如果有一天你的老伴已經躺在床上、或是痴呆了，你卻發現他可能有瞞了你一輩子的祕密，你會怎麼辦呢？

如果你的閨蜜愛上了一個你覺得不靠譜的男子，你會願意為了拯救她犧牲到什麼樣的程度？

我的好朋友H，他從來不用大道理來告訴我們這些，人們平日時常在思索的議題，但他筆下的故事卻總讓我們體悟到某些重要的道理。身為好朋友，有時還真羨慕他這種說故事的才華。我想，這或許是因爲世界上有兩種人：其中一種人適合活得平淡，而另一種人則適合活在煙火般的強烈感受中。在我心裡，H肯定是後者，帶著無盡的細膩和創意，攪動我們心裡的一池春水，然後能懷抱夢想與能量地活著。

是的，人生就像一段故事、一場戲，當你更加看透與了悟，就好像沒什麼是過不去的了。在H的平行宇宙中，我看見了這份深意。

推薦序——

享受「暗藏梗」帶給你的時光

于晴／演員

H導，不停地發揮了他的「暗藏梗」，因爲不知道該如何描述，我就用「暗藏梗」三個字來比喻H導的寫作風格！看似平凡、青春、充滿著溫暖的故事內容，內容卻都鋪陳著「暗藏梗」，總在故事的尾聲讓人大吃一驚。

「暗藏梗」就像栽種在文字裡的種子，被H導演慢慢培養出一段段令人難忘的結局。就好像伏筆中的伏筆，讓故事的層次不停地堆疊，我想這麼說吧……H導的書總有立體感，三百六十度的轉換，讓我嘆爲觀止。

坦白說非常佩服H導，他書裡的文字都很有力量，看似正常的對白，卻常有高深的寓意，就說他的書是立體的，我可以想像H導演投入在文字中的樣子，坐在筆電前，操控著情節，把玩著字句，把一段故事拼湊起來。

當你選了H導演的書，就好好地享受「暗藏梗」帶給你的時光吧。H導的作品是會讓人上癮的……當我第一次跟H導演碰面，看了他的作品，不論是短篇、小說，我是馬上就發了瘋似地看，看著H導的每一段字句，故事的起承轉合，讓我開始上了癮，被他的文字吸引。

尤其當我讀到〈我把我的青春給你〉這篇故事時，像是被吸了進去一樣停不下來，我很想知道H導的頭腦裡究竟都在想些什麼，能夠創作出如此吸引人的故事……

總結一個字，推！

自序——

請體會文字到畫面的醍醐味

八番目字母，前三個字是日文，「八番目」是「第八個」的意思。後兩個字，就單純指中文「字母」，而「第八個字母」，如果妳從A開始稍微心算一下，就可以得出，H，這個英文字母。

是的，我是H。

在網路上搜尋我的名字，可能前面要加上「作家」兩個字，才能夠比較大範圍地搜尋到關於我的文章或是影片。對使用傳統媒體的視聽觀眾來說，我在他們心中可能是一名兩性專家，在三十世代的女性讀者群當中，我在他們心中可能是一名小說家，在年輕世代裡面，我在他們心中，可能，什麼都不是了……

這就是現代分眾的悲哀，或許，該稱得上是福音吧！至少對於廣告主而言，他們可以更精準地投放宣傳物，傳達給想要接觸到的客群。

然而，尷尬的是我撰寫的東西，因爲天馬行空的特性，我依舊還是比較希望獲得年輕人瀏覽、閱讀。但我心知肚明，目前在他們眼中，我只是被歸類於傳統談話性節目的常客……

對我而言，名字眞的只是個替代符號，我常常也忘了自己本名，也不認爲Ｈ可以替代我，八番目字母，更只是爲了吸引年輕人眼球，進而讓他們體會一下，台灣除了文學之外，也有優秀的通俗小說，最重要的，是我長年鑽研的短篇小說。

自從二〇一九年我拍攝的電影《下一任：前任》在中國大陸獲得好票房之後，我就一直想要再寫出適合影視化的文字作品。然而短篇小說雖然是我的強項，但短篇小說要改編成電視或電影，又需要經過一段歷程，因此最終在這本我隔了多年才推出的新作裡面，我放上了一部中長篇小說——〈我把我的青春給你〉，目前也已經進入影視化的籌備期之中，也希望在拍攝完成之前，可以先讓大家體會一下這個故事的醍醐味，讓大家先在腦中勾勒這整個故事的走向以及畫面應該如何呈現。我個人認爲，這是文字轉化成影像的過程當中，最有趣的部分。

這本書裡面的短篇小說也好，中篇故事也好，我都試圖用不同的說故事方法，去帶出各種弱勢族群的心情以及遭遇的困境，只希望讀者們在享受短篇小說的反轉劇情之餘，也可以多一點對社會以及人文的省思。

這是H在多年以後嘗試再出發的第一本新作，希望大家用閱讀新人作品的心情來品味，這些奇特的故事背後，我企圖想要表達的情感。

小說不是工具書，不會幫你賺到錢，也不會讓你學習到心理學。但如果我的小說，可以讓你在平淡的生活當中，產生一些情感上的蕩漾與起伏，我想，這就已經達成我創作的目的了！

再次感謝你閱讀這本書！

H於二〇一九年十一月十一日

第一宇宙

到底要不要分手呀？

猶豫了很久，我還是敲了健二。

螢幕上閃過一道光之後，我就看見了健二的臉。那模樣跟我上次見到他本人時沒有太大差別。

「怎樣？又想說什麼？」

「找你聊天不行嗎？」我對於他不耐煩的態度也感到不耐煩。

「……不是五分鐘前才聊過呢？」

「沒有那麼短時間，我很久沒敲你了！」

「嗯……想說什麼呢？」

「我還是不能理解，爲什麼我生日那天晚上，你會出現在信義區？」

「都說了幾次了，我是去幫妳買生日禮物呀！」

「不合理，我們約在西門，你住在忠孝東路，你根本不應該往反方向去買禮物，那樣只會增加你的時間而已。更何況那時候你根本就已經遲到了！」

健二的表情看起來有點不自然，我不知道是螢幕畫質的問題，還是他的心裡出了問題。

「我不懂，事到如今，妳一直想要追究這一點的原因到底是什麼，對於現在的情況有所幫助嗎？」

「有幫助，因爲我要下決定。」

「什麼決定？」

「就是，我到底要不要和你分手！」

健二的表情在此時有種眼神死的感覺，雖然我知道他感到厭煩，但這是身爲女人，在任何狀況下，都應該要釐清的重點，我可不想保持這種不清不楚的關係。

「但我已經說了，我就是去幫妳買禮物，不然我去信義區做什麼？難不成去買化妝品呀？」

「等等，等等……你在跟我討論這事情的時候，不自覺地說出化妝品這三個字了……你自己不覺得怪嗎？」我說。像是從地上好不容易找到了遺落的隱形眼鏡一般驚喜。

「化妝品，怎麼了嗎？我就是想去幫妳買化妝品呀！」

「不對！眞的不對！我好像，終於發現事實的眞相了……」

「妳又在發什麼神經?!」

「你被發現的時候，身上是沒有帶化妝品的……」

「因爲我還沒有買到呀！」

「不對！你被發現的時候，你是躺在對向的車道上，是從信義區出來的那個車道方向，而不是往信義區去的方向……」

「搞不好化妝品被撞飛了呀！」

「你剛才自己說，你還沒有買到的……」

對話至此，兩個人透過螢幕顯示出的五官都僵硬了，我知道我的樣子看起來一定很不友善，因爲健二貌似很想中斷這次對話。

「我是發生意外死亡的，妳覺得我的腦子在經過那麼大的事故之後，還會記得清楚事情的先後順序嗎？妳扯那麼多，到底想要做什麼呀？」

「我說過了，我就是想問，我們到底要不要分手而已呀！」

「就因爲我不記得我有沒有買化妝品？」

「不是。是因爲我知道蕾娜在信義區的化妝品專櫃站櫃！」

「誰、誰是蕾娜？」健二此時很努力表現出像是第一次聽到這名字的演技。

「你前一天在ＩＧ上追蹤的妹！我想起來了……這一切這樣串連就都合理了……」

「呼……我眞的服了妳了，我人都死了，妳還要跟我追究這些？」

「先生，不是只有你死，我都因爲你車禍後，難過到自殺了，難道我沒有權利知道事情的眞相嗎？」

「妳既然知道我們都死了，那知道眞相又可以怎樣呀？」

「可以。就是可以確定，我們兩個，到底，要不要，分手！」

「好呀！如果眞的像妳講的那樣，妳想分手嗎？」

「我很想。」

「那隨便妳，反正我說的妳也不信。再見！」健二說完這句話後，電腦螢幕就閃過一道光芒後關閉了！整個空間裡面，只剩下我的螢幕還亮著光，我的臉還出現在螢幕上。

自從健二出車禍過世，而我因爲過於悲傷而自殺之後，我們兩個人的意識被數位化安置在不同的主機上，靠著網路，我們隨時可以出現在面對面的螢幕上，也可以藉由意識喚醒對方。

推算起來應該已經是四十年前的事情了吧?!但對我來說，卻依舊像是昨天才發生一樣。

然而，他最終還是沒有回覆我的疑問，這樣，我就只能繼續自問自答了！我們兩個，到底要不要分手呀?!

猶豫了很久，我還是敲了健二。

螢幕上閃過一道光之後，我就看見了健二的臉。那模樣跟我上次見到他本人時沒有太大差別。

第二宇宙

我的上輩子是妳

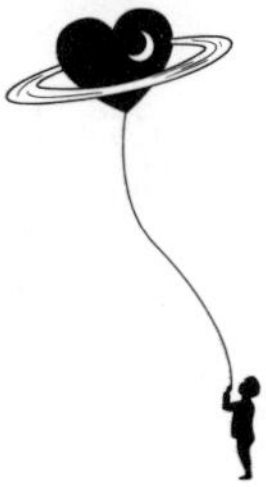

我坐在咖啡廳的一隅，看著坐在落地窗旁的妳，心裡很複雜，知道接下來會發生的事情很荒謬，但我依舊得要做出我的下一個舉動。

妳看著一公尺外的他，他的容貌出眾，妳看得出神，我能理解，只要是那個男生走過來跟妳說任何事情，妳應該都會接受。

但我不能接受。

於是我起身，向妳走去。我在妳身邊的位子坐了下來，靜靜地看著妳，原本還在看著那男孩的妳，過了好幾秒才意識到我的存在，察覺了我的眼光，收斂地收起妳的妄想，不解地回應著我的注視。

「有事嗎你？」

「有事的。」我說。

「我又不認識你，能有什麼事？」

「我也不認識妳，但，等等會有事，所以我必須告訴妳我知道的事……」

妳看了看左右，人來人往的鬧區裡，像是壯了自己的膽子，稍微提高了點音量對我說。

「什麼事？」

「妳知道平行時空嗎？」我說。

「蛤？」

「就是除了我們現在存在的空間以外，同時還存在著其他空間……」

「我、我知道呀！」妳帶著點不認輸地說。

「那，妳知道這些不同的平行時空裡面，可能也有妳的存在，也有我的存在嗎？」

「我、我知道呀！」

「那，妳知道就算一樣有著我們存在，可是我們有可能是不同關係的嗎？像是原本在這空間是朋友，可是在那空間可能妳是我老婆之類……」

「你到底想說什麼呀？」妳總算是不耐煩了起來。

我舒展了一下自己肩頸，知道接下來要講的話很難令人理解，但我依舊要嘗試說說看。

「我想說的是，在很多不同的時空裡，我們可能都有著不同的關係，有時候很雷同，有時候很接近，但，平行時空還有另外一種情況，就是時間軸，可能是不同的……」我慢條斯理地說。

「請問，我應該要叫警察嗎？」

「也就是說，我們現在經歷的事情，很有可能在另外一個時空，已經經歷過了！」

「所以呢？」妳逐漸生氣了。

「妳相信靈魂會輪迴轉世嗎？像是投胎……之類的意思……」我接著說。

「你相信我會呼你巴掌或者大叫救命嗎？」

「妳不會，而且妳聽得懂我講的話，妳就應該要繼續聽完。」

妳咬了咬嘴唇，看向一公尺外的那俊美男人，像是要確定他沒有離開後，才繼續轉回頭來聽我說話。

「你到底想要說什麼？」

「我想說，如果有很多平行時空，這些時空的時間又可能有先後的區別，那妳認不認爲，在某個時空人死去後的靈魂，有可能轉世到別的平行時空裡？即便這兩個時空的人事物，很有可能是一樣的，只是兩時空內的時間前後順序不同而已……」

「我認爲，有可能，好了，可以嗎？你可以走了嗎？還是，我走，可以嗎？」妳站起身子，作勢準備離開，但我的下一句話，石化了妳。

「我的上輩子是妳。」我說。輕描淡寫地。

妳停頓了幾秒，總算回頭看我，帶著要笑不笑的表情。

「這種搭訕方式，我第一次聽見，第一次看見，很棒！有創意！」

「我的上輩子，就活在另外一個平行時空裡，但那時候，我在妳的身體裡，我記不得自己的名字，但我知道我當過妳，而且我相信，那個時空跟這個時空的人事物幾乎一樣，從妳剛才點的咖啡以及坐的位子，加上妳注視的男人，都跟我上輩子做的事情一模一樣……」

「就算是這樣，那又怎樣？」

「我的上輩子，活到今天而已……」

「今……」妳瞬間語塞。

「等我回到我的座位後，那個妳欣賞的男人，會走過來跟妳講話，他會說『我們是不是在臉書上加過好友？』，妳會說『沒有』，他會說，『那不然現在加？』然後你們就開始交談，妳會被他帶去喝酒，最後妳會被他強暴，然後施暴至死……」我盡量不讓自己的臉上帶有任何表情，因爲我不希望被妳認爲我在開玩笑。

妳說不出話了，我知道這樣就夠了，我站起來了，我回到座位了，我看著妳，但妳依舊還在震驚中，然後這時候，他，走過來了。

「我們，是不是在臉書上加過好友？」他說。這時妳被嚇到了。

「沒有……」妳說。但妳這時候，眼神依舊是看著我的。

「那不然現在加？」他拿出手機，妳依舊看著我，眼睛越瞪越大！

「我不要加！你走開！」妳推開了他，他悻悻然地離開了妳。妳坐在座位上喘息著，像是受到這輩子從未有過的驚嚇！

我再度走到妳身邊，我很想保護妳！

「上輩子，我就是沒有注意到這輩子的我，只注意到眼前那個人，我後悔了，因此我希望，這輩子的妳，可以注意我……」我說。

妳身子癱軟地，抱住了我，像是接受了我的好意。我也鬆了一口氣，慶幸自己講出了這一大段，可能任何人都無法相信的描述。

我看著那個外貌俊美的他，坐在一公尺外，向我眨著眼睛，好像在告訴我，身爲好朋友的他想出來的方法，永遠是奏效的……

……

第三宇宙

陪我一段寶清街

眼前的女人，臉皮鬆弛，皺紋橫生，我看了她許久，一直不敢相信，這會是我一直在尋找的「她」。

一直到「她」開了口。

「成虎，你不是一直想見我嗎？現在我來了，你又不說話了，說呀，找我做什麼？」玉嬌一開口，講話的聲音語氣依舊跟五十年前相同，這讓我不得不相信，現在和我說話的人，就是玉嬌。

「對，我找妳幾十年了……就想跟妳說說事兒……」我跟玉嬌站在當年我父親剛買的房子樓下，那時，她總是會陪我走到我家，然後我再捨不得地送她走回她家。

「說什麼呢？」

「……嗯……陪我，走一段寶清街吧……」我說。

玉矯點了點頭。這是我們之間的默契，因爲只要從我家門口，沿著寶清街走一段路，經過「小紅莓火鍋城」之後再走個十分鐘左右，就可以走到玉矯她家。

這是我們當年「十八相送」的路徑。

我走在玉矯的左手邊，防止她靠近馬路，我也盡量不往她的方向瞧，因爲只要看著她現在的皮囊，我就著實無法回想當年的情感。

那時候，我們兩個人都二十出頭，讀著不同的大學，卻在某次營隊中認識了彼此。她說她喜歡聽我念詩，我說我愛聽她唱民歌，兩個人就這樣，墜入愛河。

我和玉矯經過「小紅莓火鍋城」時，玉矯注意到招牌，大聲叫著。

「換過了！成虎，你看！我們那時候總是說，他們家招牌不換的話，早晚有一天會倒，果然，還是要換過新招牌，才能撐這麼久……你剛才說，我們，多久，沒見了？」

「五十年了吧……」我們行進的速度很緩慢，和當年沒兩樣，只不過那時候是因爲捨不得走太快，現在則是因爲身體眞的跟不上心裡的念頭了。

「五十年了呀……我記得你當時還陷在前女友的情傷中，走不出來呢……高中那個女生，叫婉兒，對嗎？」

「嗯……」我點了頭，卻無法接話。

就這樣，我們倆又走了好一陣子，眼看，就快要到玉矯她家了。

「玉矯，妳那時候，都不覺得奇怪，爲什麼，我從來不帶妳上去我家嗎？」

「不奇怪呀，你說你爸媽在家，所以不方便呀！」玉矯的聲音依舊一派天眞，我在此時停下了腳步，我很想，認眞地跟她說，我這些年來，一直在找她的原因爲何。

「我們……最後一次見面，是什麼情況，妳還記得嗎？」我說。我的話一停，就發現玉矯的語氣驟變了。

「記得，但不想記……我們約好在那公園，準備去度過兩人第一次在外面住宿的夜晚，但是過了我們約定時間的半小時後，你還是沒出現，在我眼前的，是公園遊蕩的兩名流浪漢……他們撕破了我的衣服，把我推進草叢中，兩人輪流壓在我的身上，不停地……」

「別說了！」我聽不下去，我喊停，因爲我們都知道，那天夜晚，發生了什麼事情，也是從那天晚上之後，我們兩人就再也見不到面了。

「你要我想起那天晚上，又要我別說，隔這麼多年找我，你到底想跟我說些什麼呀？」玉矯的情緒有點失控，逼不得已，我往她的方向看了過去，那和聲音完全不搭的外貌，逼得我將原本想講的話，又吞了回去。

「我找妳，是要跟妳說……」我有點難以啓齒。

「你想說什麼，再不講，我就要走了……」玉矯轉頭，往她家門口的方向走去。

「我是要說……」

「說什麼？」玉矯的聲音在此時，似乎有點遙遠了。

「當時、當時的我……其實沒有跟婉兒分手，她就住在我家，所以我一直沒有要妳上去我家，所以我那天晚上，不能赴約……」最終我提高了音量，用幾近吶喊的方式說出了心裡的話，而此時玉嬌的腳步停住了，她並沒有回頭。

我看著她的背影，她的身體像是被下了咒僵在原地無法動彈。可以想見，她在這種時候聽到我的話，會有多麼遺憾，但是我眞的不想到了這把年紀，還把祕密放在心裡面。兩個人，就這樣一前一後地站在寶清街路旁，終於，站在前方的她，轉身了。

我看著她的臉，卻讀不出她臉上的情緒。

「王先生，你見著她了嗎？哎喲，我們怎麼走到這裡來了?!」八十歲的靈媒周姥姥此時像是丈二金剛摸不著頭腦，四處打量著街景。周姥姥嘴裡講出的話語早已不再是玉嬌的聲音，而是她原本跟我開價，要她尋找靈魂上身一次五千元的菸酒嗓口氣。

「見著了……」我緩緩地從自己皮夾中拿出五千元，想想，又多追加了兩張千元鈔，遞給周姥姥。

「喲，謝王先生，貪財，貪財……不過我說呀，王先生，您到底是找這姑娘做什麼呢？這種被姦殺的靈魂，通常都不容易投胎也不容易找著呢……」

我回頭看了一眼「小紅莓火鍋」的招牌，那燈泡光芒飽滿地亮著。我心裡納悶，不知道我最後說的那幾句話，玉嬌到底聽到了沒……

「沒事，就只是想她，陪我一段寶清街罷了……」

第四宇宙
哇係恁老背

看著媳婦阿姍豐腴的背影，在我面前擦著窗戶，我眞的，有點忍不住了！

都兩年了吧！老伴秀親走了之後，我就一直過著沒有伴的生活，兒子小平雖然帶著他老婆跟我一起住，可是我卻感受不到什麼溫暖，家裡面自從秀親離開後，再也不像從前，而我這個七十歲的老男人，骨子裡，好像有某些什麼地方，也變了。

媳婦阿姍說我自己都不自覺，最好是勒，我可是都有偷聽妳跟我兒子在房間裡做什麼喲，也都知道你們在說什麼喲！

就像昨天晚上，阿姍對著小平說：「老公，你不覺得，老爸最近越來越奇怪嗎？」

「哪裡奇怪？」小平滑著他的手機，並沒有太理會阿姍。

「自從媽走了之後，爸都變得很暴躁，動不動就對我大聲……」

「……別亂講，我怎麼都沒看過……」小平依舊冷靜。

「他都在你沒看到的時候發作呀……而且你也知道，我們小朋友再過半年就要出生了，我總覺得，這樣下去不太好……」阿姍像是在暗示什麼，這時小平終於把眼神飄向阿姍。

「妳不要再提之前說過的事喔！」

「可是，我們家就兩個房間，現在爸住了一個房間，如果孩子出生後，我們這樣會很不方便，況且爸現在只有一個人，他去養老院，還是比較有伴……」

「我就知道妳只是希望送爸去養老院，什麼脾氣暴躁，妳越講這種話，我越不相信妳，況且這房子是爸過戶給我的，我怎麼可能把他送走……」

我站在房門外聽，直搖頭。

「這個阿姍眞的不懂我兒子，她以爲這樣說，我兒子就會聽他的話，把我送走?!切！什麼脾氣暴躁，妳眞是搞不懂！」我心裡嘀咕著。

越聽越聽不下去，我索性直接走向廁所。

第二天早上，剛好是週末，小平沒上班，通常起床比較晚些，我自己吃完媳婦準備的早餐之後，就坐在窗邊看書，阿姍忽然走到我面前，拿起抹布，開始擺起動作來了！

看著媳婦阿姍豐腴的背影，在我面前擦著窗戶，我眞的，有點忍不住了！

兩股念頭，在我心裡面交戰，我看著阿姍的臀部，內心不斷掙扎，兩手握拳，最終在我無意識的情況下，我的手竟然伸了出去，在阿姍的屁股上，抓了一大把！

「啊！爸！你怎麼……」阿姍一臉驚嚇回了頭，看向我，但是下一秒鐘她的眼神就不再停留在我臉上，而是直接穿越至我背後，我順著她的視線回頭，這才發現，小平剛起床，就站在房門口，很顯然，他看到了什麼……

「老公，爸他剛才……」阿姍驚恐地跑到小平身後，小平舉手示意她閉口，畢竟在這當下，一家之主是他，是我那兒子。

「怎樣，我不能摸一下嗎？你媽都死那麼久了，我是不能摸一下你老婆噢？」我說，帶點輕蔑。

小平低著頭，可以感受到他在壓抑怒氣，接著小平抬起頭直狠狠地瞪著我。「爸，你現在知道你在說什麼話嗎？」

「我怎麼會不知道我說什麼話？你是當我痴呆了噢？」我怒了，我想讓他知道，我才是一家之主，這家裡面的事情，我說了算！

「你自己做不好的事情，還這麼大聲？」

「哇係恁老背，我不能大聲?!」我用盡了力氣，吼出這句話，小平這時閉嘴了。我的聲音惹得阿姍更害怕地躲進房間，我想，她是從來沒看過我有這一面，至少她婆婆還活著的時候，她沒看過！

小平在我自認為獲勝的當下，默默地做出了決定。

「姍，去幫爸把行李收好！」

「噢，喔……」阿姍驚魂未定，愣了一下後才趕緊跑到我房間，開始打包我的衣服，但我還是不以爲意，畢竟，這是我兒子，我難道不懂他?!

就這樣，我跟我的兒子小平兩個大男人僵持在客廳，沒多久，阿姍推著我的行李箱出來，交給了小平！

「你確定，你剛才做的事情，是對的？」小平勉強地壓抑住自己的怒氣對我說。

「哇係恁老背，我說的，我做的，都是對的！」我繼續大聲吼他！或許，我根本也不知道我自己在做什麼吧！

接著小平牽起我的手，另一手拉起行李。

「爸，走，我帶你去個地方……」

「去哪裡?好玩嗎?有女人嗎？」我不以爲意地。

「有，很好玩的地方，我帶你去，走……」小平好聲好氣，我就知道，我兒子都聽我的呀！

於是我被小平帶下樓，接著上了計程車，到了一個類似宿舍的地方。小平和一個看似管理員的人講著話，付了些錢之後，跟我揮了揮手，眼眶似乎含著淚，然後一個轉頭，消失在我視野。

我似懂非懂，接著就被管理員帶進了某個房間，安置了我的行李，房間裡就一張床，一張椅子，沒太多東西。

我坐在床上，好一會兒，然後我笑了，放鬆了。

我好想對阿姍說：「媳婦呀，妳不懂小平，妳那樣說，他是不會送走我的，而我只會增加你們負擔而已，我必須做出會危害你們家庭的舉動，小平才會下決心呀！」

我看向窗外，像是看見秀親的臉。

「老婆呀，我才是一家之主，這家裡面的事情，我說了算！」

第五宇宙
厭世

果然，憂鬱是會傳染的。

這是第幾次了呢?第四、第五次了嗎……我有點沒印象了，畢竟抗憂鬱抗焦慮的藥丸吃多了，我自己都覺得，腦子不清楚了……

看著眼前的秀志拿著刀片在我面前作勢要在她那雪白的手腕上，劃下一道口，我是眞的有點懵了，怎麼老是在我最不舒服的時候，老是在我也想要結束生命的時候，秀志就率先發難?!這逼得我不得不先處理她的情緒!

我，一個四十三歲的女人，失婚，失業，不敢回老家見爸媽，只得假裝工作順利，一切平安，然後躲在不見天日的房間裡。然而和我一同居住的室友秀志，卻在最近爆出，自己被男朋友甩了，原本要踏入婚姻的他們，因爲一個外面來的狐狸精，結束了感情。這個不到三十歲的妹子，在我眼裡一向樂觀，但是在失去感情之後，女人似乎都是一個模樣。秀志還曾打開那狐狸精的臉書，在我面前一陣咒罵！

第一次她鬧自殺，是我在房間裡哭到不能自己，準備把藥袋裡的膠囊，全數吞進口中。接著我就聽到隔壁房間傳來劈裡啪啦的聲響，我走出房間，看見秀志正打算往樓下跳。雖然，我們也不過住在二樓……

「璐娜姐，妳讓我死，妳讓我死了就好……」秀志站在窗邊，大聲的哭喊，而我當下顧不得自己的情緒，只得趕緊將她拉下，安撫她的心情。

拉扯之間，費了我好多力氣，總算她被我勸服，我則是精疲力竭地走回自己房間。

後來又這樣發生了幾次，幸好都有我在。

這一次秀志拿著刀片，手顫抖著大叫。

「爲什麼?璐娜姐，爲什麼王大天那王八蛋不要我了，爲什麼我這麼可憐，我不知道我活著還有什麼意義……」

「把刀片放下，秀志，妳看璐娜姐，不是比妳更慘……妳想想我，妳就會覺得妳的人生還光明得多了……」我記得不知道聽誰說過，要安慰一個覺得自己很慘的人，就是得找個墊背的對照組，讓她知道這世上，有人活得比她更糟！

「我快結婚了，妳知道嗎?就因爲那個臭三八，害我沒辦法幸福，我想死，我超想死的……」

「結婚不一定好，像我還不是因爲老公外遇，我連小孩都被他搶走了，這樣更慘呀……妳不要那麼笨好嗎?」我一邊講著自己的遭遇，另一邊心底的躁鬱，也一併強大了起來！

「妳不要管我，璐娜姐，妳比我堅強，妳比我堅強多了，我今天，一定要死……」

秀志繼續比劃著刀片，那動作惹得我越來越無法控制自己。

我一個箭步向前，抓住了秀志持刀片的手。秀志看了我一眼，我沒能從她眼神中讀出什麼情緒，只不過，下一秒鐘，我發現她恐懼了。因爲我順著她的意，將刀片用力地在她手腕上的血管，重重地劃下一道口，又一道口，再一道口……

像是路邊水管爆裂，血液如同小湧泉般地冒出，有些微噴發，有少許濺到我臉上，甚至沾到我的嘴脣。

秀志想離開，卻動彈不得，她的力氣沒有我大，也或許她被我突如其來的行動給嚇傻，兩個人僵持了一段時間後，秀志的腿軟了，我也停止了刀片的來回運動，於是秀志慢慢地癱坐在地上，最終，她平躺在地板的血泊中，眼睛睜得老大。

當下我的腦中一片空白，我並不清楚自己爲什麼要這麼做，或許是因爲，我充分理解她的悲哀，體會她不想活在這世界的痛苦。

秀志的血濺滿了房間，包括了她的筆記型電腦。這時在血漬中，電腦螢幕的訊息閃爍，格外顯眼。

我無意識地移動到電腦前，點開了螢幕，看見電腦彼端傳來的對話。

「怎麼樣，璐娜姐的憂鬱症又被妳成功解救了沒？這次有點久……我之前跟妳說的很有用吧，要安慰一個覺得自己很慘的人，就是得找個墊背的對照組讓她知道，這世上，有人活得比她更糟！編個謊，救個人，何樂而不爲？」

訊息來自，王大天。

第六宇宙

花痴

在我說完我對他這幾個禮拜以來，藏在心中的愛意之後，他沉默了，他看著我的眼神裡面，似乎藏著困惑，接著他低頭，起身，整理了一下他西裝的下襬，離開了我所處的房間。

他是趙先生，是爸爸的同事，我知道他單身，沒有女朋友。

雖然那已經是兩個多月前的事情了，但是對我這麼一個二十五歲的女生來講，沒談過戀愛，渴望一段愛情卻遭受拒絕的經驗，限制住了我對眼前新對象的發展。

眼前的他則是李先生，是和我同一個協會裡某位成員的親戚。目測一百七十八公分，總是把頭髮打理得很好看，輕便的穿著更得我心。

我們見過幾次面了，雖然我並不太多話，但是從他看我的眼神裡，我可以判斷得出，他對我有好感。只不過每次見面的時候，身邊不是有協會的人在，就是我的爸媽也在，這讓我很難有機會，說出自己對他的愛意。

再說，上次趙先生的反應在我心裡留下了陰影。我不知道一個女孩子不斷地向不同對象告白，會不會被人當作是花痴之類的存在……

我特別不喜歡人家用異樣的眼光看我。所以這一次，我不敢再輕易說出口了。

終於，爸媽和李先生的親人走去走廊聊天，房間裡剩下了我和他。他身上清爽的香味讓我感到很喜歡，這也導致我心頭再度湧起表達的念頭。

「我說，我們見了幾次面了……你覺得……」我話說到一半，自覺有點尷尬。

「嗯？妳想說什麼？」李先生還是一貫溫柔地看著我，像是假裝他不知道我後面可能說出來的話語。

「我是說，見過幾次面，你對我……」我的表達至此，硬生生地被切斷，一名優雅的女性進了房間，從他背後勾住他的脖子，親熱得就像是眼前沒有我這個異性存在似的。

「寶貝，你在幹嘛？」女人問的話讓我覺得很多餘，難道她看不出來，我在和李先生聊天嗎？

「沒事，妳下班了……」李先生從這一刻開始就再也沒有正眼瞧過我，他和那位應該是他女朋友的女人，邊講邊起身，走出房間，再度留下我一個人坐在椅子上。

三個月內兩次告白被拒絕，我聽見自己的心底發出聲音：再也不要，我再也不要愛上別人了!!

但時間也不過才三個禮拜後，這次我在一場募款餐會上，竟然又碰到趙先生。原本以為我對他的感情已經消逝，但沒想到，這次再見到他，他那身著西裝的英挺模樣，依舊讓我心頭小鹿亂撞，就像是前一陣子完全沒見過那什麼李先生，毫無空白地接續上了我對趙先生的感情。

餐會上趙先生坐在離我不遠的地方，應該說我們是同桌，他看到我之後，似乎有點尷尬。或許之前我的表白還是有一定程度地讓他不知道如何面對我吧！就在餐會進行得愈加熱烈之後，大多數的人都起身去和認識的親友交際攀談，每個人的位子也因此開始不再依照原本安排的位置坐落，輾轉幾次之後，趙先生竟然就這樣坐到了我的身邊。

我的心跳得飛快，我認爲這是一種上天給我的徵兆，要我再試一次，反正告白花不了什麼錢，就算被當作花痴，也勝過我一直無法和喜歡的人分享感覺。於是，我的手微微地發抖，抓住了他放在餐桌上的手。

趙先生猛地回頭，表情看似有點驚訝。

我這次眞的鼓足勇氣，畢竟我上次已經被「已讀不回」一次了，這次再表態，可能就是最終結果了吧！

「趙先生，我眞的，很喜歡你，我不知道你怎麼看我的，但我，一定要告訴你，我心中的感覺……」我很吃力地，說完了這段話之後，趙先生的表情卻呈現面癱，一種無可奈何的神情，在臉上流竄。

這時候，我的母親過來了。一直對我很呵護的母親，看到趙先生的反應，急忙問道：「趙先生，怎麼了嗎？」趙先生先是一陣傻笑，像是難以啓齒般地，微微地吐出了下面這段話。

「妳女兒，每次見到我，總是咿啊咿啊地叫個不停，但我，眞的聽不懂她想跟我說些什麼……」

「趙先生，沒事，我想她只是覺得你很親切而已，我們都非常感謝你來參與『腦麻協會』的募款餐會，眞的，非常感謝……」

我聽著趙先生和媽媽的對話，心想還好，只要趙先生不把我當作花痴就好，其實，只要能看到他，我心裡就很滿足了……

註：腦麻患者由於控制全身動作統合協調，使肌肉張力平衡的「大腦基底神經節」受損。面部肌肉也受到肌肉張力的大幅變動而不斷變化的干擾，這些患者的臉上往往帶著一副「怪臉」，所以他們很容易被人誤會是「智能障礙」。但是絕大多數的患者智力正常，甚至優秀。此外，這些面部肌肉的不協調還會引起嚴重語言障礙（口語表達）和咀嚼吞嚥困難。

其實，他們都擁有美麗的靈魂，卻被禁錮在有限的身體內。藉此文章，希望可以讓社會大眾幫助弱勢團體。有錢出錢，有力出力！

專户名稱：財團法人屏東縣私立磐石社會福利事業基金會。

匯款銀行：聯邦銀行（803）九如分行捐款帳號：020-10-0018334

第七宇宙

前世今生

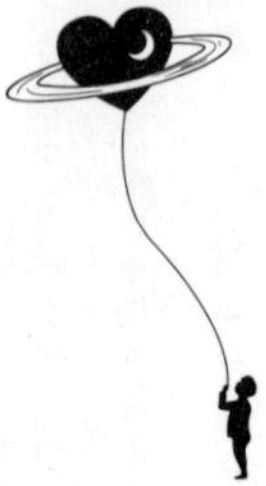

帶著忐忑的心情，我躺上了催眠老師房內的躺椅上。我沒有躺過如此舒適的坐墊，只能說這應該是老師的生財工具，想必砸了不少成本準備。

我聽過很多關於老師的傳聞，凱特老師，雖然專門幫女性朋友解決感情問題，五官精緻，高大帥氣，但是就算女客人在諮詢結束後想要有進一步發展，都被凱特老師給拒絕。

既使是當紅的偶像女歌手邀約，老師也毫不留情地回拒。

也因此，網路上流傳著近乎百分之百的推斷，那就是「凱特老師是同志」。而事實上，這件事情我認爲對他個人的工作來說，其實更有幫助。畢竟要跟另一個異性關在同一個房間內兩三個小時，對任何女性來說，都會有些擔心的。

「艾瑪，妳等等就聽從我的提問，妳看到什麼就說什麼，潛意識會引導妳說出前世的事情，比對今生，我想會讓妳心中的疑惑，得到一些解答……」凱特老師的聲音非常溫柔，就像是在我耳邊呢喃般怡人。

當我遵循老師的引導，進入一種與潛意識對話的狀態後，老師開始要我打開一扇門，回到前世去，而我發現自己看到的，是一個小男孩，金黃髮色，湛藍眼珠，說著我聽不懂的語言。特別的是，我看他的視角，竟然是仰角。一直都是仰角。然後我低頭，我才看到自己短小的前肢，毛茸茸的兩隻前肢，這時我理解了，我是一隻小狗，而眼前的小男孩，是我的主人。

接下來的景象充滿歡樂。我並不能描述太多我跟小主人之間相處的經過，但是在看見那些畫面時，我感受到的只有溫暖、溫馨，以及無比堅定的安全感。

我知道，我愛我的小主人，即便他逐漸成長爲大人，即便我很快地長大爲成犬。

隨著凱特老師的引導，時間又往後走了幾年，我年紀大了，小主人帶著我去到市集，然而我因爲貪玩，被一隻蝴蝶吸引了注意力，我從主人的身邊走遠，等到我發現身邊不知是何處時，才察覺我見不到主人的身影。

我慌了，我不安，我甚至開始哀嚎。路邊的流浪狗以爲我要爭搶他們的地盤，成群結黨地跑出來對著我狂吠，怒氣外露的犬齒，嚇得我飛也似逃離原地。從這一刻起我開始了流浪的生涯，那段時期的描述，聽得我自己都眼眶泛紅。

照理說應該跟著潛意識走的我，這時不自覺地流淚，我知道那是我來這裡作催眠的原因之一，我從小到大心裡就一直感覺匱乏，感覺需要有人塡滿，感覺沒有一個地方是屬於自己的停靠岸。

成爲流浪狗的我，最終被一名老婦人收養了。老婦人對我很好，但總是不讓我出門，也不帶我出門。我雖然心裡某處得到安撫了，但某種無以言狀的不自由感，讓我依舊想要找機會衝出門去尋找我的小主人。

某個午後，老婦人睡著了，我偷偷地想從沒關好的門縫走出去，卻被老婦人發現。老婦人急著想要抓住我，卻被我慌忙地回頭狠狠咬了一口。我心裡過意不去，但依舊跑走了。

當下，我的表意識又讓我想起今生的對照。我那第一個男朋友，就像老婦人一樣，對我無微不至，但卻總是限制我的自由，最後分手時，我講了令他傷心斷腸的言語，離開他繼續我的感情之旅。

回到潛意識。接著，我遇到至少十個以上的主人。有龐克，有作家，有女同志，有流浪漢，有各式各樣的人，飼養我的時間短至一個禮拜，也有一個月不等，但最終，我依舊選擇離開了他們，而我知道，很多主人在我離開後都咒罵我，希望我死在路邊，希望這隻不受教的小狗，不得善終。

在凱特老師的帶領下，我似乎完全印證了前世與今生的關聯。畢竟，我就是在經歷過十幾段或長或短的感情，被十幾個不同身份背景的前男友咒罵，甚至在網上都被流傳著不雅描述的賤貨。

我對自我懷疑，我對感情失望，我知道自己從來沒有抱著傷害任何人的心情進入感情，但是總是在開始交往之後，直覺似地知道這不是我要的對象。

我想，我可能只是在尋找回到小主人身邊的路上，偶爾遇到一些善心人士，但他們卻被我的無心給傷害了吧……

這時候或許是因爲我的情緒強烈得有點難以被引導，凱特老師下的指令，讓我依舊看不清楚影像，於是凱特老師改變了作法。

「妳現在把視野往外拉，不是妳的主觀視角，改成是從一旁觀看的客觀視角，可以告訴我，妳看到妳自己了嗎？」

我嘗試著，就像電影鏡頭一樣開始更換角度。然後我看見了一條狗，金黃色的黃金獵犬，身上還戴著個項圈。

「看到了……」我說。

「可以描述一下妳自己的外貌給我聽嗎？」

「我是，黃金獵犬，有戴項圈，項圈是黑色皮革的……啊，上面好像有刻字……Lina……對，是這英文字母……」

我閉著眼，等待凱特老師的回應，但老師似乎在尋找什麼東西，過了幾秒之後又問我。

「還有什麼特徵嗎？」

「……頭上，我的頭上有個像愛心印記似的白毛，這讓我看起來，跟一般的狗，很不一樣……」

「好的，妳可以繼續閉著眼睛……我想跟妳分享我學習催眠的原因。我跟妳一樣，在人生中找不到有歸屬感的自我，後來遇到我的催眠老師，他幫我做了一次探索前世的經歷，然後，我發現自己是個金髮藍眼睛的外國小孩，從小就飼養一隻愛犬，在長大之後某一次出外時，她走丟了，我找了一輩子，再也沒找到她，那一生，我不管在任何場合，甚至在最後離世前，一直鬱鬱寡歡，在那次催眠後，我畫下了那隻狗的素描……」

聽完凱特老師說的話，我忍不住張開眼，凱特老師的手上，拿著一張黃金獵犬的素描，頭上有著像愛心印記般的白毛，我再也忍不住，整個人淚崩，凱特老師向前接住虛弱的我，就這樣，在安靜的個室中，我們兩人緊緊地，抱在一起。就像是隔了幾百年的時間才終於重逢般地珍貴，我們越擁越緊，越抱越激情。

潰堤的愛驅動著我的嘴脣狂野地在他的舌齒間探索，唾液沾濕了我倆嘴脣兩側的皮膚……

就在這時候，我的眼角餘光，赫然看到了房間角落裡的畫簍中，放著若干素描畫，裡面有狗，有貓，有英國皇室，也有清朝將軍……

第八宇宙

解離

「醫生，我眞的什麼都想不起來，可是我知道，我的下面……有人，有東西，進入過我的身體……」

「妳這是解離症，發生在曾經有過重大傷害的精神病患者身上，年輕女生比較容易產生……」

面對心理諮商師福爾曼的說明，我大致理解了。我能說什麼呢，這應該就叫做雪上加霜了吧！

病歷表上寫著莎曼莎的我，今年二十歲，我和家人住在一起，但那裡卻是令我痛苦的巢穴。因爲我打從小學開始，就遭受到繼父的性侵，他曾經不只一次要我去摸他的陽具，更曾經將那東西塞到我的嘴巴裡過……

雖然社工已經介入，但是證據不足，即使提了公訴，一審依舊是我敗訴。我很失望，也在高中時因爲這件事情，自殺了好幾次，進出了精神病院幾回，但我依舊走不出來，直到我上了大學，總算是好了點，但我沒想到，最近因爲校園內的人際關係，以及課業壓力，竟然會引發我間歇性的失憶，我無法記得，某個時間段內，我做了什麼，我被做了什麼。

「那我該怎麼防止，當我解離的時候，受到別人侵害呢？」我問醫師，至少我回家之後，得要有保護自己的措施。

「這有點難，因爲解離症，在當下妳自己不會察覺，別人眼中也會認爲妳跟平常無異，可能妳要讓自己的壓力減輕點……」

聽完醫師的話回到家後，我認爲這實在對我沒有幫助。

一旦我解離了，那個令人作嘔的老頭，很有可能會看得出我的狀況，畢竟喬治從小就看著我長大，我相信他知道我什麼時候是正常，什麼時候是解離的，可是，我該怎麼預防呢……？

坐在房間內沒多久，我聽到喬治的腳步聲，由遠至近，越來越大，越來越令我恐慌，我知道他正朝我房間走來，我很想把房門鎖上，但是媽媽總是要我相信，之前的事情是我自己的幻覺，喬治是以一個繼父的身份，想要對我付出關心，我必須拋棄自己的想像，並且要接受他的好意。

就這麼一個心裡的拉扯，讓我來不及關起房門，喬治已經坐在我床前的椅子上。

「今天去心理醫生那裡，有說什麼嗎？」喬治笑著問，假裝不在意，但他那缺了顆門牙的笑容，卻藏不住他心裡的邪惡。

「沒說什麼……」我不能告訴他解離症的事情，至少我相信，這個大老粗不可能上網去查詢這樣的醫學專業，只要他不知道，至少我的安全係數會提高。

「醫生沒有說……呃……妳的記憶之類的事情？」不料，直球來襲。

「沒有！」

「我總覺得，妳好像有些事情想不起來，女兒，我很擔心妳……」丟完直球質問之後，立刻又來個變化球，我相信喬治每天躺在沙發上看大聯盟的比賽絕非浪費時間來著。

「我什麼都記得，什麼都……」

「眞的嗎？」喬治倏地站起身來，臉上露出一抹詭異的笑容。我很怕，我知道我的腎上腺素激增，心跳也加快，隨著他的腳步迫近，我甚至喘息聲也大了起來。喬治一步一步地走近我，我拚了命地深呼吸，因爲我不希望這個時候解離了，在我明知道有人要對我做壞事時，解離了的話，我什麼證據都拿不出來。

喬治的手已經伸出，他那因爲做粗工而長滿厚繭的手掌沉重地落在了我的肩膀，我幾乎快要屏住自己呼吸，喬治身上傳來的老齡臭先是侵犯了我的鼻孔，我知道，接下來他會入侵我身體別的穴洞。

我不自覺地閉上眼睛，不敢去看，忍住身上的顫抖，希望母親可以在這時候走進我房間。或許我該扯開喉嚨大叫，或許我該拿起桌上的筆往喬治臉上刺，或許，或許……

接著，世界沉默了。

可能只有幾秒鐘，我覺得心底好安穩，我睜開眼睛，我得到一種救贖，我看到熟悉的擺設，我躺在溫馨的沙發上，我看到令人安心的臉龐。

沒想到，我回到福爾曼的房間內了。

仔細一想，這時間點接得不對，難道我又解離了！我開心得太早，原來昨天在喬治面前，我還是解離了！我緊張的趕緊伸手去摸我的下體，我得檢查，我在解離期間，喬治對我做了什麼！

然而我嚇到了。

我竟然無法觸摸到我完整的下體，因爲我發現，在我的下體裡，有個陽具正在裡面出入著，來回地，出入著。

我的眼淚一下子湧上眼眶，我問著我的心理醫師，我想要知道答案。

「福爾曼醫師，請問現在，是什麼情況？」

我從沒看過福爾曼醫師臉上露出這樣的表情。他的額頭上沁著汗水，像是無視我的發言般，自顧自地前後來回衝刺著，最後他終於吐出了長長的一口氣，用力喘息著。

我感受到陽具這時候離開了我的身體，而福爾曼醫師肥胖的小腹與下垂的胸部弄油了我的視線……

「福爾曼醫師，請問現在，是什麼情況？」我又問了一聲。

福爾曼穿上衣服，好整以暇地坐回他以往的座位上，一臉正經地對我說。

「剛剛，妳解離了……」

第九宇宙 Call 客

專櫃的前方一片冷清，這幾年來在百貨公司裡的化妝品專櫃上，要看到購買力的展現，已經是很奢侈的一種夢想了。

也或許是因爲如此，愛琳娜跟我直接約在櫃上見面，以她的年紀和工作性質，我相信她對我們這一行的景氣，是理解的。

愛琳娜，沒錯吧，在手機裡面她的暱稱是這樣寫著的沒錯。

「游小姐，我是妳先生的女朋友，我叫愛琳娜。妳可以叫我小三，但在我看來，妳才是我跟雷夢之間的小三，明天下午三點，我去妳櫃上找妳，我想當面跟妳把話講清楚！」雷夢是我先生的名字，而這個訊息，就在昨天晚上雷夢睡在我身邊時，忽然從我手機螢幕上彈出。

雖然透過偷看雷夢的手機，我一直都知道有這號小三存在，但我怎麼也想不到，這年頭，小三竟然比正宮還要理直氣壯地來爭男人?!

我知道該來的躲不掉，但我還是要依據日常的工作習慣，照樣打電話Call客找人到櫃上來試保養，我認爲我的心態保持得很理智，依舊做出很高情商的決定。

三點過了三分鐘左右，愛琳娜出現了。一身名牌行頭，讓我光看也知道，除了在我老公身上榨取不少金錢之外，她在酒店上班的工作，也幫她掙了許多。

愛琳娜一到櫃上，並沒有即刻走到我面前，反而是拿了幾瓶保養品看了看，似乎是想要假裝成顧客，再來我面前跟我談判。我想，畢竟她也知道，這種事情不宜大肆曝光給太多人知道吧！

「買多少錢可以成爲ＶＩＰ？」愛琳娜一開口說的話，跟我預期的不太相同！

「三萬元就可以……」

「妳這個月業績差多少？」

「請問，有什麼我可以幫妳的嗎？」我反問。

「不，是我想幫妳……」

「小姐，如果您想要結帳，還是需要其他商品，我可以幫您介紹！」

「業績目標差多少，我做給妳，以後每個月我都做給妳，但妳該放手的，就該放手，妳說，這樣的交易，是不是彼此不吃虧？」愛琳娜的氣焰很盛，霎時間聽得我都有點心動了。畢竟我那老公都已經變心，談離婚我能拿的也有限，如果這愛琳娜眞的可以保障我的業績目標，似乎也算是我額外賺到。

就在我略微猶豫的時刻，我Call來的客人，林小姐已經來到櫃上，一看到我，熱情地堆滿笑容打起招呼！

「妳是游小姐吧，謝謝妳耶，早上接到妳電話，我剛好想要來你們家買保養品，聽到有折扣，立刻就來了！」

林小姐的態度跟愛琳娜形成極大的反差，她這時才注意到愛琳娜放了些產品在我面前，貌似要結帳的樣子，於是她自嘲著。

「啊，不好意思，妳先來，妳先結，我找一下商品，再過來！」我對林小姐點了點頭，林小姐便獨自在櫃上採買起來。

愛琳娜在林小姐講話的同時，正眼看也不看她一眼，等到林小姐離開了，愛琳娜才壓低聲音繼續對著我喊話。

「如何？我開的條件不錯吧！既然雷夢都不愛妳了，妳又何苦糾纏著他？」

「但妳認為雷夢對妳是真心的嗎？」

「我跟他之間的事，由我們自己確認，我只想要妳釐清跟他的關係，都已經有我了，妳還想要留在這樣的男人身邊？」

愛琳娜咄咄逼人的同時，林小姐忽然再度出現在她身後，手上抱滿了好幾瓶化妝品以及保養品。

「ㄟ，請問，妳結完帳了嗎？如果好了，可以換我了嗎？」林小姐講話的態度，其實是很憨厚的。

「事情都有先來後到，妳不懂嗎？可以好好排隊不要插隊嗎？」愛琳娜狠狠地回了林小姐話，林小姐自討沒趣的又獨自晃到專櫃另一邊。

我看著林小姐稍微走遠後，憋著氣對愛琳娜說。

「妳都知道事情有先來後到了，那妳又何苦要來插隊？」

「這事情跟買東西不同，和順序無關，和他選擇誰才有關！」

我這時候實在氣不過了，拿出手機，打開相簿找了張照片就塞給愛琳娜看。

「他選擇誰？他選擇誰？雷夢選擇的是我，妳看清楚，好嗎？」我把手機螢幕擺在愛琳娜眼前，而我挑選出來的照片，是我跟雷夢結婚時兩人的正面合照。

愛琳娜看著照片，一時也說不出話了，然而更令她驚訝的是，剛才晃到一旁的林小姐這時竟然就挨在她的身邊，仔細地端詳著我手機上的照片。

「游小姐，這是妳先生喔？」林小姐依舊憨厚的說。

「對，我們結婚七年了……」

愛琳娜被緊靠在身旁的林小姐擠得有點不舒服，微微地往旁邊站了一步，沒想到林小姐此時更不識相地說了讓愛琳娜傻眼的話。

「這是她老公，那，妳是他們的小三喔？」

愛琳娜一聽，脾氣整個上來。

「我是他們小三，關妳什麼事，妳要結帳，就給妳先結呀，付完錢趕緊走人！」愛琳娜的語氣裡充滿怒意。

沒想到林小姐這時反而很冷靜地，也不回話，默默地從自己包裡拿出手機，也從相簿裡找出了張照片。

「妳是他們小三，有關我的事喔，因爲我也跟雷夢在交往，我以爲他單身……所以時間上說起來，我算是小四了……」

愛琳娜看著林小姐手機上的照片，頓時間，無語了。我看著林小姐，也不知道自己該擺出什麼樣的表情。最後是林小姐把產品放在一旁，收起手機。

「游小姐，不好意思，是我不好，我不玩了，把老公還妳，我以後不會再跟他聯絡了，下次我再來買東西，不好意思……」林小姐用著依舊憨厚的口吻說完最後一句不好意思之後，便默默地離開了專櫃。

愛琳娜則是站在我面前，臉色顯得很不甘心。

「原來，我也是被騙的那個……夠了，我也不玩了，當我今天沒來過吧……」愛琳娜在我面前的櫃檯放下了商品，一時之間，人去樓空，我的櫃檯前堆滿了沒有人要買單的商品。整個專櫃空蕩蕩的。

等到確定都沒有人存在時，我露出了笑容。Call 客是我保持理智下，做出最高情商的決定。因爲透過偷看雷夢的手機，我早就發現除了愛琳娜之外，我的 VIP 客人林小姐，竟然也是我老公的外遇對象。

打電話叫小四來解決小三，這不是高情商的決定，什麼才是高情商的決定呢?!

我偷偷地笑著，不管是在嘴角上，抑或在心底……

第十宇宙

我辦了一張信用卡

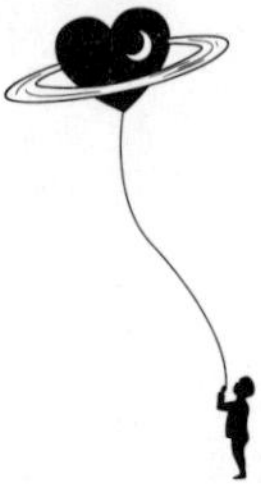

社會競爭是激烈的，這件事情我一直到了今年滿二十八歲，才看破這一切。

我叫阿比，今年二十八歲（剛才講過了），除了在高中時期交過一個上到二壘的女朋友之外，我就再也沒有好好地跟一個女孩兒交往了（註：二壘代表親嘴）。在這期間，我不是沒有別的機會，也不是沒有中意別的女生，只不過，到最後總是會被追走，而好死不死的，這個中間殺出的程咬金，偏偏都是我那好朋友，阿弟。

阿弟跟我年紀一樣大，顏值差不多，身高體重也相仿，講起話來，就連對方接下來要接什麼笑梗，我們彼此都知道，也或許兩人太相似了，我們就連看上的女生類型，也幾乎一樣。

可悲的是，目前爲止，我們出去聯誼，揪團出遊，到最後成功帶走女生芳心的，都是他，沒有一次例外。

於是在這麼幾年下來之後，經過我不斷地觀察與分析，終於讓我找出我們的差異處，那個最後讓女生決定是他而不是我的關鍵點！

那就是，大方！

畢竟我工作賺錢來得不易，也獲得不多，和大家一起出遊時，我儘量採取公平公開公正的方式，也就是AA制，我不想讓女生覺得我占人家便宜，更不希望別人對我有「窮酸」的印象。所以每次到了結帳的時候，我一定會主動拿出手機幫大家計算每個人應該支出的金額，然後像個總務股長般地來替大家收錢。

我熱心助人，我自以爲是個優點！

但，經過這麼幾年之後，我發現，我錯了！我眞的是，大錯特錯！

某一次吃完知名麻辣鍋之後，一個人要支付大約八百元左右，我開始負責收錢，而阿弟拿給了我一千六，說是他跟另外一個女生的錢（其實那女生就是我們兩人共同看上的目標），我不疑有他地收齊準備到櫃檯買單時，赫然聽見那女生對阿弟道謝的私語。

「謝謝你幫我出喲！」我一回頭，看見女孩臉上堆滿笑意，一個不祥預感籠罩我心頭。那晚之後，那女生跟著阿弟走，成了阿弟的女朋友。

我很不能平衡。

我這麼熱心公益，總是在團體裡面替大家辦事，卻沒有女生注意到我這個優良特質，甚至只是因爲阿弟比較大方，幫她們付了錢，最後就選擇了阿弟，而不是選擇我。

氣歸氣，在進行了一番自我檢討之後，我理解到，爲了追求女生，出手闊綽是不能少的起手式，但是我每個月可支配金額著實不多呀，可我又眞的很想交個女朋友，到底要如何才能突破這個盲點呢?!

最終，我去辦了一張信用卡！

是的。這是我想出來，最聰明的方法了。因爲我的現金有限，可是假如說，我今天可以在團體當中，幫大家刷卡，我一樣當總務股長熱心公益收錢，可是面對我喜歡的女生，我就大方地說：「不用，我請妳！」這樣一來，我相信我一定可以擊敗阿弟，成功獲得一次女生的芳心！

於是機會來了！我跟阿弟以及幾個朋友一起出遊，裡面也是有個我和阿弟都有興趣的女生，叫阿花的。我們先是去夜市吃東西（這地點我失敗，因為不能刷卡），然後去KTV唱歌，在這裡，我就充分展現氣度，刷了卡，收了錢，然後帥氣地要阿花不用把錢包拿出來。我記得我用手勢阻擋她拿錢包出來時，她眼神中閃耀的崇拜，讓我確認，這次阿弟沒轍，我肯定可以勝出！

信用卡，眞是針對把妹的一大福音呀！

聚會即將結束，通常散場的時間，就是決定誰會跟誰走的關鍵時刻！氣氛有點詭異，大夥兒站在KTV樓下，一時之間也不知道怎麼解散！阿花忽然像是想起什麼似地說了：「啊，有ATM，我先轉個帳！」此時阿弟摸摸自己的皮包，對阿花說：

「那讓我先領個錢好了，手上沒現金了！」

阿弟這時刻的動作，讓我更覺得勝券在握，畢竟金援短缺這事，在戰場上可是兵家大忌！

就在阿弟進ATM提款完走出來，阿花接著後面進去ATM轉帳也出來之後，我對著阿花說：「妳要不要再跟我去喝一杯呢？」我心中充滿自信，看來，今晚就是屬於我的夜晚！

阿花滿臉燦笑，對著我說：「不了，我想跟阿弟走……」接著阿花轉身到阿弟面前，甚至勾起阿弟的手，準備離開。這展開讓我整個人看傻了，我無意識地移動著腳步跟在兩人後面，接著我聽見，阿花對著阿弟說的話。

「你剛才提款完沒有按『完成』，你有……八位數的餘額耶……」阿弟聽完阿花的話之後，很不自然地回頭剛好與我對上眼，接著再轉過頭對阿花笑著說。

「錢，存在銀行比較安全啦！」然後我的腳步停了，只能看著兩人的背影，越來越遠，越來越遠……

我終於領悟到，原來阿弟勝出的原因，根本不僅僅只有「大方」這麼簡單！想來，我還是，太單純了……

第十一宇宙

夜訪的老男人

放下手機，剛回完一個久未聯繫的老朋友訊息，忽然有人敲了我大門。

晚上十一點半。這種時間點，通常不會有人找我的。

我走到門邊，試探性地問了問。

「誰？」

「我啦！」聲音發自一個很熟悉的男人。我透過門上的貓眼看，確認了是我心中推定的那位先生，猶疑了幾秒後，我開了門，兀自走回自己床上。

在我這小套房裡面，半夜時間跟一個男人共處，除非他對我來說是種特殊存在，不然一般我是不會這麼輕率的。

男人身著西裝，以臉部狀態來看約莫六十了。

「怎麼會來找我?」我說。

「我一直想著妳,沒忘過妳……」男人的聲音聽起來有點輕飄飄,像是從很遠的地方傳到我耳邊。

我搖了頭,拿起打火機點了根菸放進嘴裡。

「李堯達,如果你眞的愛我,當初就不會跟我分手去找別的女人……」我說,但其實心情很平靜,畢竟那都是很多年前的事情了。

「我沒有去找別的女人,是她來找我的,我最愛的還是妳……」

「李堯達,妳認識我所有的姐妹淘,結果還跟我姐妹搞上,你現在有臉來跟我說這些話?拜託,趕緊走了吧你!」

我實在不想回想起當時的事情,畢竟都已經過了將近二十年。那時候我才三十出頭,姐妹們都還年輕,沒記錯的話,是金妮帶著李堯達來我們的聚會,當時說是她男朋友,只不過沒幾天,金妮就說兩人已經分手,於是李堯達跟我越走越近,而我則陷入他的甜蜜謊言中，傻傻地跟他消耗掉自己的青春將近五年。

最後迎接我的結果是，他甩了我，娶了我們的另外一個姐妹淘，汝芬。在婚宴上，我跟金妮還得當伴娘，那種強顏歡笑的苦，我到現在都忘不了。

結婚十多年後的這麼一個半夜，他竟然跑來想跟我重溫舊好，我眞的也是醉了。

「我們當初分手就是一個錯誤，妳一直覺得我對妳的姐妹有意思，但事實上是，她對我有意思，她主動約我，主動，那個……就……」李堯達的情緒顯得有點混亂，但說實話，我早就過了那段耽溺於失戀情緒的時期，因此我眞的懶得聽他多說，只希望他趕緊離開。

「好，都是她主動，都是她不對，我相信你，好嗎？」我說。

「不行，我是認眞地回頭想要找妳復合，我們還年輕，重新開始好嗎？」李堯達說得認眞，我雖然邊看著他充滿皺紋的面貌邊聽他講的話覺得想笑之外，我的心也不自覺地飛回那段我們曾經一起歡樂的時光中。而現在都已五十好幾卻依舊單身的我，也不禁閃過這麼一點點可能……

或許他會離婚，回來跟我廝守到老？

「……李堯達，你是認眞的嗎？」在我說這句話的同時，我的手機響起訊息進來的聲音，那應該是我剛才在跟老朋友來回訊息後，她傳給我的回覆。

心虛地聽著那聲響，因爲手機那頭的老朋友，就是李堯達的太太，汝芬。好幾年沒聯繫了，忽然在今晚敲了我，說是想要告訴我一些事。

「我當然是認眞的呀，金妮……」李堯達張開雙手對我說著這句話時，我整個人抖動了一下。這老傢伙竟然對著我叫金妮，我整個人傻眼。

就在我愣在原地不知道怎麼回覆時，安靜的房間裡，不停傳來手機的訊息聲，爲了打破我的尷尬，我乾脆低頭點開訊息，看著汝芬一連串打來的文字。

「我老公，就是，李堯達，下午走了。」

「他在兩年前就開始失智，記不得我是誰，有時候對著我叫妳的名字。」

「我知道他跟我結婚，給妳帶來很大的打擊，因此這幾年我都不敢跟妳聯絡。」

「但畢竟現在人死了，我覺得我還是要跟妳知會一聲，並且讓妳知道，我沒有搶妳的男人，是他自己主動來接近我的。希望妳的生活一切都好，沒有煩事打擾！」

「就這樣……」一口氣看完汝芬的訊息，我再一抬頭，發現眼前的男人根本沒有小腿，那部分是透明的，而他臉上不自在的神情，在此時看來讓我覺得滑稽。

畢竟我從沒想過，當一個人死後，他的靈魂，竟然還沒有從原先的病痛中脫身，一個失智的鬼，我該怎麼面對他？

我靜靜地看著他幾秒鐘之後，從口中吐出了幾個字。

「李堯達，你知道你現在和誰在說話嗎？我是，陳汝芬，你太太……」

李堯達這時候像是個小朋友說謊話被拆穿一樣，想後退卻又動彈不得，兩手不知所措地揮舞著，沒多久，他就從我的房間內消失了……

我低頭看著汝芬傳來的文字，順手敲打輸入了幾個文字。

「我過得很好，沒有煩事打擾，除了妳那，死老公……」但握著手機半天，我始終沒有按下傳送鍵。

第十二宇宙

我來照顧妳

看著坐在窗邊的母親，我心裡就感到一陣酸楚。不到七十歲的她，卻已經罹患了失智症，身爲大女兒的我，自然是要扛起照顧她的責任，既使是放棄了工作，讓丈夫與小孩單獨在我自己的家中生活，我也要就近與母親相處，才能放心。

從母親看向窗外的神情裡，我無法判斷她腦中在思索些什麼。於是我泡了杯咖啡拿到她面前，就希望可以平撫她的心情，畢竟我記得媽媽年輕時，是最愛喝咖啡的。

「媽，喝杯咖啡吧！」母親轉頭看向我，神情有點僵硬，那感覺像是對我的呼喚已經痲痹，又或者，她根本不認得我是誰。

「我不想喝……」媽媽的答案讓我很驚訝，這不是她以往會有的反應，但我既然決心要照顧她，我就得要習慣她的改變。

「那我帶妳出去走走……」我說。

「我不……」

「走啦！」不等母親把話說完，我拉著她的手，拿著鑰匙到了街上。

老家附近的街道沒有什麼改變，雖然在都市裡面，便利商店早已經林立，但在我們這一帶，還存在著少數的雜貨店。雜貨店老闆跟媽媽以及我阿姨，那個和我母親感情甚好的小阿姨，都非常熟稔，我希望帶著媽媽多去見見熟悉的面孔，相信這對於病情，會有些幫助！

一踏進雜貨店，雜貨店老闆看到母親之後，兩人有默契地點了點頭。我分辨不出母親是因爲多年認識的關係才點的頭，或者母親只是保持著一貫的禮貌，對著陌生的雜貨店老闆示意。

我一路走進雜貨店最內部，拿了冰箱裡的養樂多，那是我小時候，最常要求媽媽買的飲料，我希望這個舉動，也可以喚醒她某些記憶。

「媽，妳看，我愛喝的養樂多！」我拿著小瓶子在母親面前晃了幾下，她沒有太大反應。

這時候，我反而有點失落了。

雖然我知道要照顧一個失智症患者有一定的難度，但是這些辛勞都不是最難熬的，最難熬的是對方的反應，那個美好的母親似乎在我面前消失，似乎活在一個陌生的世界裡，想到這裡，才眞的會讓我難受。

忽然我的手臂，被媽媽緊緊地抓住！

「美雲，我想回家……」媽媽看起來像個無助的小孩，我赫然意識到，是我自己不對，不應該奢求這種狀態下的媽媽，會有什麼樣的反應。於是我收拾心情，微笑對媽媽說好。

我牽著媽媽的手，經過公園，一路走回到了家裡面。

然而，就在我們回到家，打開門後的幾秒鐘後，我發現了一個詭異的狀態。我順手打開冰箱，將剛才在雜貨店買到的養樂多放進時，看到冰箱內，擺滿了養樂多，我這才恍然大悟，原來媽媽沒有我想像中的嚴重，她知道我要來照顧她，已經預先買好了女兒想喝的飲料，或許，她的記憶，還停留在我很小、很小的時候。

我關上冰箱，想要對媽媽道謝，卻發現家裡坐在窗邊的女人，並不是媽媽，而是小阿姨。那個和母親最親近的小阿姨。

「小阿姨，妳來看媽媽呀？」

小阿姨看著我，臉色十分平靜地說。

「美雲，我來照顧妳的……妳媽媽得失智症已經在去年過世了，妳得了年輕型失智症，一個人不容易生活的……」

瞬時間，我搞不清楚小阿姨在說什麼，腦子裡有點混亂，頭有點暈，我閉上了眼睛，試圖讓自己感覺舒服一點。

沒多久，我好多了，緩緩地睜開了眼睛。

看著坐在窗邊的母親，我心裡就感到一陣酸楚。不到七十歲的她，卻已經罹患了失智症，身為大女兒的我，自然是要扛起照顧她的責任，既使是放棄了工作，讓丈夫與小孩單獨在我自己的家中生活，我也要就近與母親相處，才能放心。

從母親看向窗外的神情裡，我無法判斷她腦中在思索些什麼。於是我泡了杯咖啡拿到她面前，就希望可以平撫她的心情，畢竟我記得媽媽年輕時，是最愛喝咖啡的。

「媽，喝杯咖啡吧！」母親轉頭看向我，神情有點僵硬，那感覺像是對我的呼喚已經麻痺，又或者，她根本不認得我是誰。

「我不想喝……」媽媽的答案讓我很驚訝，這不是她以往會有的反應，但我既然決心要照顧她，我就得要習慣她的改變。

媽媽這時握著我那執咖啡杯的手，硬是讓我把咖啡放在餐桌上，我才發現，餐桌上至少擺放著二十杯咖啡……

我才知道，原來，媽媽的失智症，已經這麼嚴重了……

註：年輕型失智症四大特點

1. 好發期於四十歲左右。
2. 因為是家中支柱，發病會影響家庭經濟甚巨。
3. 容易「行為異常」，買東西不付帳，重複同樣動作不記得。
4. 辨識面孔等能力，退化速度比一般失智症迅速。

第十三宇宙

破處

我拿著手機，一直猶豫著該不該按下那該死的撥號鍵。我心裡面一直在拉扯著，應該說是在說服自己：「這不是爲了我的私慾，而是爲了我愛的女生，爲了將來跟她的第一次，我可以做到滿分！」

無意識下，電話接通了，我開出我希望的條件，清純的，有點經驗又不要太老練的，這樣，就好……

今年二十二歲的我卻還是個處男的這件事情，其實在我心裡面，一直是個陰影。每當男同學們聚在一起聊女人事時，我總要裝作「我都瞭」「那沒什麼」的姿態。殊不知，我到現在，還停留在暗戀一個隔壁班女生的小學生等級階段。

那女孩名叫李智妙。我們總是在圖書館巧遇，但我心裡懷疑，她對我也有好感。否則不會總是看著我時，嘴角帶著笑意。

我知道不少人喜歡她。但我也知道她就是單身，因爲她 always 拒絕男人的邀約。我聽過學校裡面一些惡劣的男人在流傳著她私底下的一面，因爲家裡貧窮，因此她早就有在兼職販賣自己身體。流言沸沸揚揚，有人說她那麼正，只要做直播就可以賺錢，然而卻有人說，做直播會被人看到臉，她不喜歡高調，因此直接做S，沒有人知道，才是最方便的賺錢活兒。

但這些我都不信。我心裡想著的，就是在下禮拜期末考完後，我要約她出來告白，可能有機會，我們會獨處一室，可能有機會，我們會寬衣搞事，既然如此，我那千日養的兵自然是要用在是時。但沒有實戰經驗，我又何以證實，於是，我從那些壞男同學的手中，拿到某些「仲介」的聯絡方式，好讓我在未來可以順利辦事！

等了快半小時，我都快失去意識時，電鈴響，我開了門，看見一名纖瘦的女子，低著頭，雪白的皮膚，一如我在電話裡開出的條件。她進了門，拿下頭上的運動帽，我這才看清了她的臉，那五官既熟悉又陌生，因爲那竟是化了濃妝的李智妙。

我傻了，她也呆了。空氣瞬間凝結了一個世紀左右。然後她先開口了。

「你叫雞？」

我很想說，我想叫的，是妳，但我說不出口，只能逞強。

「男人都這樣，妳第一天出來做的呀？」

「對！」李智妙的眼神極爲堅定，但我對她的話卻極度不信任。畢竟，是男人都知道，出來賣的，哪一個不是說自己是第一次，或是剛出來上班一個禮拜這種瞎話!!

「第一天出來做?所以妳是處女？」

「對！」

「那第一次碰上妳同學，妳不就超尷尬？」我笑著說，強壓著自己內心的不安定。

「會尷尬，不管是不是同學，今天我都緊張得要死，但我爸生病，我媽癱瘓，我必須賺錢給他們當醫藥費……」

「唉……」我嘆氣的原因在於，不管是電影、小說、男人口中流傳的，小姐出來說的故事都是同一套，好像買了同一本教科書學習一樣。

「但是看到你之後，我心情平靜了……」

「蛤？」

「我原本就喜歡你，所以第一次如果是給你，我心甘情願，而且我不想收你費用……」李智妙說話時表情的堅毅，跟她秀氣的五官形成極大的反差，但在我心裡，卻出現極大的矛盾。

我在客廳裡踱步著，我不想相信她講的話，因爲這麼一來，就好像只是掩飾了她早就在從事這行業的行爲罷了，但另一方面，我又多希望，她講的話是眞的，畢竟我喜歡這女生，我叫雞的原因，就是爲了練習將來跟她做這事情時，我可以表現得更好呀！

幾分鐘過去後，我終究下了個決定。我走到臥室，拿出皮夾，掏出事先和「仲介」協商好的八千元，我拿到了她的面前。

「拿去吧！」我說。

「所以，你還是決定要，買我？」

「大家都是大人了，別扮家家酒了！」我覺得我自己講這話時，很有男人口氣！

李智妙停頓幾秒，取了鈔票，開始脫衣服。接著我整個臉脹紅，因爲她的皮膚跟身材，比我在自慰想像她的身體時，還要來得數倍光滑與美麗。

我緊張到不能自己，她主動走到我身邊，脫下我衣服，解開我皮帶，然後開始用嘴脣吸吮我的乳頭，用舌頭挑逗我的乳暈，我整個人都麻了，酥了，一邊感到靈魂出竅般的快感，另一邊又意識到，這麼好的技巧，她肯定是經驗老到。

在經歷過一番前戲後，我也抑制不了自己的衝動，管他什麼買的眞的假的，我釋放出下體的野獸，從動作片中學來的金手指技巧施展用盡之後，我將我的陽具，放入她的私處，難度很高，甚至有點痛，但我嘗試了幾次，我最終還是頂到彼端，我成功打怪破關！

完事後，我像是失了魂一樣地躺在床上動彈不得，李智妙則是很輕巧地到了浴室淋了浴，快速地穿上衣服，站在門口，靜靜地看了我幾秒。

「怎麼，還有事嗎？」我說。

「沒事，謝謝你了，老闆！」

李智妙走出了我家的門，留下了滿間沐浴乳的香味。這時候，我好不容易回過神來，卻看見床單上有著隱隱的紅色，位置就在我們剛才交合的地方……

我的胸口忽然湧出一股心酸，一道碎裂的刺耳音，在我耳邊劃過，一陣又一陣地，令人難以接受……

第十四宇宙

身份交換中

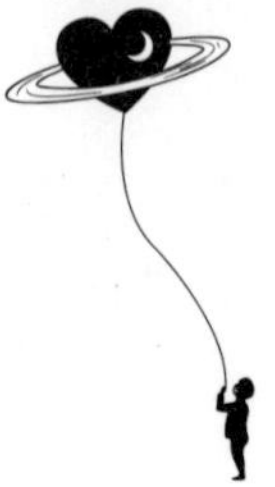

我走在上學路上，碰到了小美。

「小美！早呀！」我大聲喊著，小美回頭看了我一眼，卻別過頭去。

我一臉懵，急忙追了上去。

「怎麼了小美，幹嘛不理我？」

「你忘了昨天你掀我裙子，我已經說了我不跟你好了！」

我傻。

「對不起啦，那是不小心的，我們和好啦，好不好……」有求於小美的我，自然得好聲好氣！

小美走了兩步，終於是停了下來。

「好啦，可是以後你不可以再那樣喲！」

「好！」我這時差點不小心舉起手，準備發誓。這才發現我現在不是我，而是我兒子小明，趕緊把話呑進了肚子。

昨天是神奇的，晚上十點半左右，一場大地震，晃得全家上下震動，奇妙的是新聞卻沒報導，我們住的房子也沒損傷，怪的是，我的靈魂卻和我兒子小明的靈魂，交換了。

一開始都很驚訝的我們，經歷了一段混亂期，還好，沒多久我就發現，這件事情其實對我目前處境挺有幫助。我教導了小明如何用我的身份先向公司請一天假，要他在家裡休息，但是我卻利用他的身份，準備來上一天課。

你說，是我想要重返青春嗎？或許有那麼一點吧……

「小美，那昨天的事，妳回家有跟妳媽說嗎？」我問。畢竟兒子幹了這種事情，被對方家長知道可不太好。

「說了呀，我媽知道，她說她會找你爸爸聊！」

「真的假的？妳媽認識我爸噢？」在我沒搞清楚小美知道多少事情之前，我還是裝傻比較好。

「認識呀，我常看到她在傳語音，有聽到她跟對方講到你的名字呀，所以我猜，那應該是你爸！」

「啊妳有聽到什麼嗎？」我有點緊張。

這時候小美轉頭看了一下，四周沒人，貼近我耳朵說。

「我，聽，到，你，爸，想，要，約我媽出去……」

我緊張的原因，並不在於我怕小美知道我跟她媽之間的關係，而是我接下來想挖出的祕密。

「真的假的?可是那這樣的話，妳爸知道不就慘了，我爸會被妳爸打死呀?!」我裝小孩子模樣講話著。

「我爸？我爸早就沒跟我們一起住了呀！」小美說。

「是嗎？」賓果！我問到問題核心了，這才是我想要利用小明身份得到的消息。小美她媽總是說她跟老公早就離婚分居了，但我卻一直覺得，他們還是有保持聯絡，而且我甚至懷疑他們根本沒離婚。

我深怕我是被玩弄的一方。

現在聽到小美這樣講，我心頭稍微鬆了些。

這時候小美的手機響了，她看著手機回了些話，讓我很好奇。

「是誰呀？」

「我媽啦，她說她今天晚上跟朋友約了吃飯，要我自己在外面吃自助餐，吃完再回家！」

我一聽心頭大喜，因爲那正是我早上傳訊息問小美媽，晚上可否吃飯，她說她還要考慮一下後的決定。

在聽完小美的回答以及她母親做出的選擇之後，我猜想，現在在家裡面，小明手上的那支我的手機，應該已經響起小美她媽的回答。

小美忽然看起我手上提著的便當，好奇地問。

「小明，你每天的便當菜色都好豐富喲！都是你爸買給你的嗎？」

「我爸那麼懶，怎麼可能，是我媽做的啦！」

「你媽？你爸媽不是離婚了嗎？」小美問。

「沒有離婚呀！他們一直都很好呢……」我開心地回著小美，這時候卻發現小美的臉色變了……

然後，我的臉色也變了……

我認得那眼神，那是小美她媽的眼神。這時候我很清楚了一件事情，那就是昨天晚上的地震，不是只有我家發生，那奇異的身份轉換，也不是只有在我身上出現……

第十五宇宙

對的時間錯的人

當意識化爲粒子，隨著不知名的光束射向彼方時，我知道，我正要迎接生命中最重要的一刻。

認識貝爾是在一個酒吧裡面，那天晚上他們一群男人外型個個風格迥異，我和幾個好姐妹也正無聊得發愁，雖然是一群男人碰上一群女人，但我和貝爾都知道，我們兩個人都在人群中一眼就鎖定對方了。

然後兩幫人喝著酒，玩著遊戲，跳著舞，沒多少時間過去，有人兩兩成對離開，有人醉倒在鏢檯前面，也有人瘋狂地霸佔著遊戲機。

而我，卻在兵荒馬亂時，和貝爾的身體交纏在酒吧附近的一個旅館裡。

我們很迅速地褪下彼此的衣物，他用舌尖挑著我的乳頭，我則是輕巧地用牙齒摩擦著他的皮膚，我們的慾望在兩人合力催化下到達頂點，感覺像是不分前後地，我們同時間得到最大的滿足！

當他沖完澡回到我身邊時，我不經意地問他。

「你們今天不是出來交女朋友的，是有預謀的……」

「嗯，今天，是我結婚前的單身趴！」貝爾用浴巾擦拭著自己的長捲髮，那動作眞是魅力無敵。

「果然是這麼回事！可惜，我難得這麼喜歡一個男人……」我苦笑著。沒想到這時候貝爾的動作停了，他似乎也被我這句話給打動。

「其實，我也覺得，我對妳的感覺非常強烈……應該說，我沒有這麼有感覺過……」從貝爾說話的神情看來，我知道，他是認眞的。

「別說了，我們都知道這只是一夜情，只能說，我們是在錯的時間，遇到對的人……」我說。

「這麼老套的諺語就別說了，妳不知道現在有一種時光機器，可以讓現在的妳回到過去某個時間點嗎？」貝爾說。

「我知道，只不過回去之後，你就要重新經歷一次曾經有過的生活與時間，並沒有人知道，那到底是真的假的，也沒人知道這麼做到底好不好……」

貝爾這時不再說話，我也沉默了。

這種新科技究竟靠不靠譜，只有使用過的人才知道，然而使用過的人，都不會再回來了，因爲他們就從那個時空重新生活了……

貝爾的婚禮在後天，那晚和他纏綿過後，我們就再也沒有聯絡，雖然當天晚上我們聊了一些他在哪裡認識未婚妻、他們曾經歷過的某些生活片段……

婚禮當天晚上，我一個人在街上閒蕩著，不知怎地，就晃到了「時光返回」的店鋪前面，上面清楚寫著「回到對的時間，與對的人重新開始」，我心想，這店家的確很懂得消費者心理，接著我像是被一股不知名的力量往店內推著，當我更清醒一點時，我已經坐在時光機器上。

「時間設定好了，我相信妳一定可以得到妳想要的幸福……」我來不及喊停，就看到那名身高不到一百六十公分的店員按下按鈕，接著整間店裡像是通了電一樣，閃閃發光，令人無法直視。

我閉起了眼睛。

當意識化爲粒子，隨著不知名的光束射向彼方時，我知道，我正要迎接生命中最重要的一刻。

下一秒當我張開眼睛時，我知道我的意識回到六年前自己的身體裡面，然後那是在某間大學的畢業典禮上，我看著許多畢業生，正在跟自己的朋友拍照祝福，我的眼神來回掃了幾次，最終，我看到了貝爾。

貝爾當初是這麼跟我說的。

「在畢業典禮上，我第一次發現這個女孩，同校這麼多年，竟然都沒有見到她，她太吸引我，於是我上前搭訕，就從那天開始，一路相戀到我們決定結婚……」

因爲這段話讓我知道，我必須在他認識未婚妻之前，捷足先登，以我們六年後見面的相互吸引力看來，我相信我絕對可以取代她之後在他人生中的地位。

我走向貝爾，站在他面前。

「嗨，貝爾，我是麗潔，我知道我們是第一次見面，但我個人非常欣賞你，等等可以一起去喝杯酒嗎？」

我的臉上堆滿了笑容，我甚至認爲，這個六年前的我的身體，比起那時候更加吸引人，貝爾鐵定不會拒絕我。然而此時貝爾的臉上卻露出了我無法言喻的表情。那表情像是在說，別，不要靠近我，我不想認識妳……

當然，我不會就此放棄，我繼續追問。

「不喝酒也行，打鏢、玩遊戲，我都在行！」

此時貝爾的眼神依舊在尋覓四方，就好像我沒有站在他眼前一樣。最後，我實在忍不住地靠近他耳邊對他說。

「我是從六年後過來的，我們當初一見鍾情，只不過你在今天認識了未婚妻，但你那時後悔了，所以，不要再無視我了，好嗎？」我的一番話，總算獲得貝爾的注視，他雙眼直直地盯著我看，我分不清那眼神中佈滿的是血絲還是愛意……

「聽著，麗潔！我是從七年後的世界過來的。那晚我們開心之後，我心裡一直放不下妳，於是我在結婚前臨陣脫逃，最後我找上了妳，我們交往了一年之後，不但彼此對對方不滿到了極點，甚至大打出手，爲了重溫，並且找回我和我未婚妻的過往，所以我來到這時間點，這樣，妳懂嗎？」

貝爾的話聽得我一陣暈眩，接著貝爾像是看到獵物般，大聲喊著。

「艾爾麗，妳好，我是貝爾……」然後貝爾就從我身邊離開了。

我呆了。我怎會知道，在不同時空的我和他，發生過什麼事。但這次我又想起那句古老的諺語，那就是在對的時間，遇到錯的人了……

第十六宇宙
識人

有過幾次失敗的戀愛經驗，上過幾次高收費的兩性課程，我確信自己已經脫胎換骨，再也不是那位識人不清的笨女孩，我懂得什麼是好男人，不會被時尚的打扮所吸引，不因爲對方的資產而改觀，如何洞察對方的內涵，更清楚潛在個性，才是交往的長久之道。

在這場七個人的小型聯誼之夜，三個女生，四個男人，我並沒有去接近長得最帥的涂總，也沒有和開跑車的小徐多喝一杯酒，更沒有黏在風趣的Parko身邊，而是找機會和小陳聊天。

小陳微胖，不高，頭髮也少得可以看到頭皮，如果是以前，我肯定不會嘗試接觸這樣外型的人，然而人總是要長大，在我都已經三十近五的年紀，在人肉市場中要突圍，除了提升自己之外，更要拉寬看人的眼光。
當然，我也不是沒有標準就從沒人要的對象下手，重點是小陳從 Party 一開始，他總是面帶微笑，不會去靠近胸部最大的那美，也不會去和五官整得巴掌臉小的婷婷哈拉，而是適時地招呼每個人，甚至會看到誰的酒杯空了，就忙著替人服務。在這種環境裡，我想，一般男人都是急著展現自己才是，由此可知，小陳的個性很會替人著想，至少，在感情中，他應該不是個會傷害對方的人。
和小陳聊不到幾句，我就刻意切入感情話題。
「那你之前交的女朋友，都是誰分手的呀？」
「嗯……都是我被甩的啦，朋友都說，我的眼光有問題，我現在學乖了，想要找那種可以互相陪伴的對象……」
「你想法跟我一樣……」我說，故意帶點曖昧地。
小陳沒多說話，只是略微害羞地點了點頭。
吃了晚餐，大家在涂總的別墅裡也喝了不少酒，依照這個聚會的慣例，大家在這個階段要說出彼此對哪個異性有好感，如果配對成功，可以各自帶到比較隱祕的地方去獨處。每次在這個環節，我總是落單的那一個……

「好啦，現在也十點多了，我們就不要浪費時間了，來，告白時間！誰要先來？」涂總大聲地吆喝著，其他六個人也紛紛放下酒杯，聚到涂總面前的餐桌上。

「媚媚先吧！每次她都落單，第一個選的人機會比較高……」那美邊搖晃著她傲人的上圍，一邊假裝好意地把機會讓給我。

「眞的嗎？我先告白嗎？這樣很害羞……」

「那是妳酒喝得不夠多，來，再乾一杯！」Parko推了一杯紅酒到我面前，我一邊笑著，接著一口飲盡。

其餘的六個人，你看我，我看你，四周營造著一種看好戲的氣氛。

在我的眼光掃射過現場所有男士之後，最終停在了小陳的臉上，然後我鼓起勇氣，大聲地說出我的決定。

「小陳！我認爲，在場的男士裡面，小陳是我最欣賞的！」

話一說完，男生們個個發出驚呼聲，「喔喔喔喔……」像是JoJo冒險野郎般的吼叫此起彼落，那美和婷婷則是掩著嘴，像是在嘲笑我似地，或許，他們一開始就估到，我會選擇人氣最低的小陳，而不敢和她們爭奪那些搶手貨吧！

涂總扮演著主持人的身份，對著小陳吼。

「小陳，該你表現了，要回應人家呀！」

小陳溫柔地看了我一眼，眼睛裡面帶著肯定的答案，我可以感受到，他也預料到了這樣的結局，接著像是要起身宣布他的回答，身體向上動了一下，沒想到這時候涂總又接了一句。

「啊，不對不對，抱歉，我應該要先問問其他女性，是否有競爭者的？」

涂總自然是爲公平起見，但是我心想，這幾個庸俗的女生，看的都是男人的資產，誰會注意到這個平凡男人的好，這只不過是多餘的例行步驟罷了！

就在小陳起身又坐下的兩個動作之間，他手上的皮夾不小心卡到餐桌，一張黑色的無限卡就從皮夾裡面掉了出來，卡片在兩個彈跳後平躺在餐桌上，在場所有的人，都親眼看見了這一幕。

接下來的須臾間，我才體會到，什麼叫做人類大腦反應的速度之快！

「我也喜歡小陳！」那美忽然出聲。

「我選擇小陳！」婷婷落後了零點五秒後開口。

接著全場的男人都沉默了，情勢丕變，男人們尷尬著自己落選，女人們則尷尬著自己不小心顯露出本性。

只有我在心中驚訝之餘暗自偷笑著。畢竟，憑藉著我看男人個性的這種好眼光，竟讓我意外地挖掘到一個內外兼修的無價之寶呀！

小陳這時站了起來，用著充滿愛心的眼神，凝視著我兩三秒，然後開口說。

「我，選擇那美……」

那一瞬間，我懷疑自己是否失聰了，因爲似乎什麼聲音都聽不見了，只有嗡嗡聲在耳邊繞著。我沒想到，就算我學會怎麼看人，但是別人的眼中，看的依舊只有……巨乳……

那美得意地笑著、叫著，但是她的反應，在兩秒鐘後因爲小陳的一句話而石化。

「啊，涂總，這張卡片是你剛才掉的，我幫你撿起來要還你……」小陳抓起躺在餐桌上的那張無限卡，遞給了涂總……

僵在原地的那美瞥了我一眼，我只能苦笑雙手一攤，表示這是她應得的！

果然，「識人」眞是一門高深莫測的課程，我想我得繼續鑽研……我相信那美，也是這樣想的吧……

第十七宇宙

兩個人的畢業旅行

臺北車站附近的馬路邊，我坐在一台陌生人的機車上，手上把玩著手機，心裡則是回想三個小時前和意寒之間的對話。

「我們考不到一起的話，畢業之後肯定會分開……」我說。

「還是，你來我家談結婚的事？」意寒回這話眞把我給打傻了。

「我們才十八歲，我怎麼跟妳爸媽談？」

「我就不覺得是年紀的問題，是你根本不敢來我家！」意寒的話講中我心坎，我的確不想面對她的爸媽。

「別亂講了，妳也沒來過我家呀！」

「……那、那是因爲你沒約過我呀！」意寒顯得有點窘迫，我也懶得在這無聊的話題上繼續下去。

「好啦，所以妳想說的事情，到底是什麼？」

「我想……我們在畢業之前，應該要去一趟很遠的地方，一趟只有我們兩個人的畢業旅行！」意寒說這話的時候，臉上充滿喜悅，我看得出，她眞的很愛我。

「好呀，這當然好，我也想跟妳留下美美的回憶。」說著說著，我忍不住在她臉上親了一下，她則是更壓抑不住自己的衝動，就將嘴唇往我嘴邊塞，我能想像在路人眼中，就是兩個穿著制服的年輕死屁孩，在路邊忝不知恥地喇舌放閃。

但我一點不在乎！

或許是因爲我跟意寒兩個人的家庭，都那麼的不溫暖以及不健康吧！明明分別住在台北市的精華地段，但我跟意寒第一次見面的交談，卻像是兩個同病相憐的病人相遇互相訴說著病情一樣，抱怨著爸媽給的愛，是多麼的廉價以及低俗！

「那，我們約這禮拜五出發，禮拜天晚上回來？」接吻完之後，意寒問。嘴巴還帶著點我的唾液。

「禮拜五出發呀……」

「怎麼?又卡到禮拜六了對嗎?李安達,你要不要老實跟我說,你是不是每個禮拜六都跟隔壁班的洪安怡出去,有人跟我說看到你們走在一起過,你是不是劈腿?你說!」意寒連珠砲似地詰問,我聽了只覺得可笑。

「妳有病!」

「那你聽到禮拜五幹嘛猶豫?」

「我只是在想,我們要出遠門,哪裡來的錢?」很可笑,我家跟意寒的家裡至少都有上億資產,然而他們對於自己小孩,卻是吝嗇得不可思議。

「我、我會去打短期工,我來想辦法!」意寒說得很稚氣,但我知道她肯定會認眞去找到這筆旅費的來源,因爲她就是這麼愛我。

「妳算了啦,妳等我就好,錢的事情,我來操心!」說完這句話之後,我就把她送回家了。

幾個小時後在臺北車站附近的馬路邊，我坐在一台陌生人的機車上，手上把玩著手機，心裡開始猶豫起，是否要打給那個女人。

就在我對著馬路發呆時，一輛熟悉的高級轎車從我對面的旅館停車場開了出來，那車型與顏色，讓我直覺聯想到我家裡那位被我稱作爸爸所擁有的車。正巧車子一開出來，就被紅燈給擋在我眼前，從我的角度，我可以清楚看見的確是老爸在開車，而助手席上坐著一個女生。

一個穿著制服的女生。

紅燈的時間並不短，因此我有充裕時間仔細端詳那個女生的五官、樣貌。再三確認過後，我知道自己沒看錯，那是意寒。她跟我那永遠在外捻花惹草的父親，辦完事正從摩鐵出來。

然後我微微地笑了。我心想，意寒，好樣的，妳真的找到凱子花錢，妳真的打工賺到旅費了！這也再次印證，意寒對我的愛，是如此純真！

於是我不再猶豫，我拿起手機撥了電話，那頭傳來了成熟女性的聲音。

「你終於願意打來了，脾氣也太拗了！這禮拜六，可以嗎？」

「這禮拜六不行，但今天可以！」

「好，我去接你！」

「但，我想要點零用錢……」

「哈哈哈哈哈，還說什麼不會跟我開口要錢，沒問題，要多少等等見面談！掰！」

掛掉手機後，我看著螢幕上顯示通話記錄的對象名稱。

意寒媽。

我心裡很確定，我和意寒之間這段感情有多麼real，畢竟爲了彼此，我們都願意放棄很多堅持！

是眞愛吧！我想！

第十八宇宙

助手席

當麗莎坐在助手席的時候，我的心裡總是難免有些雀躍的。

除了她眞的精準地詮釋了「助手」這兩個字的眞諦之外，她那迷人的外表，一身上班女郎的服裝，也眞是美不勝收。有時候我都擔心自己會因爲想要多看她一眼，而導致我在行駛上出了意外。

「前面往右轉，下一個路口再左轉！」麗莎憑著定位系統，清晰地跟我報著路。但我心裡想的，卻是如何試探她。

「妳總是一個人，不會感到寂寞嗎？」我一邊看著後照鏡，不經意地問。

「不會，因爲不管是什麼人，到最後都會是一個人的！」

「妳不會羨慕我跟我太太的互動嗎？」

「你們的感情很好，我替你感到開心，但是我不一定要進入那樣的關係裡面！」麗莎一貫冷靜地回應著我。

「妳真的覺得我們感情很好？妳不覺得，我跟我太太之間，已經有第三者介入了嗎？」我用略帶挑逗的眼神，看了一下麗莎。麗莎只是微笑。

「這裡開慢點，會有測速照相……」麗莎說。

我踩了一下剎車，讓車速稍微減緩。

「妳……會把我跟妳說的話，跟我太太說嗎？」

「看情況，可以說的我就說，不能說的我會安靜！」

「好助手！」我比了個大拇指。

沒多久，車子開到我家門口，靜涵三步併兩步，雙手拉著兩個行李箱帶著點喘息小跑步來到車邊，原先要上助手席的她，看到麗莎坐在位子上，很自動地開了後門上車。

「哼哼，有了麗莎之後，助手席就不是我的專屬座位了吼！」靜涵的口氣裡，我其實聽不太出來是玩笑話，還是眞的在吃味。

「妳慢慢會習慣的……」我冷冷地說。

接著車子又再度行駛，我和靜涵之間卻像是沒有話說一樣，車上變成只有麗莎的聲音。

「接下來要去哪裡呢？」麗莎問。

「靜涵要回她媽家……」

「那就走高速公路吧，會比較快一點……」

「半個小時內到得了嗎？」靜涵問道。

「可能沒辦法……」

「妳就這麼急著想要跟我分開？」我說，一邊轉著方向盤。

「別挑起這個話題，麗莎在，我不想讓她聽到什麼……」

「我們之間有第三者這事情，難道麗莎會不知道？」我有點動怒了。

「麗莎當然知道，你的事情，麗莎怎麼會不知道?!」靜涵的聲音也變大聲了，我相信，任何一對夫妻在離婚前，同處一個空間裡時，一定都有過相當驚人的爭吵。

「下一個路口迴轉，可以上高速公路……」一陣沉默之後，又是麗莎的聲音。

我聽著麗莎的指示，將方向盤打死，迴轉到對面的車道。

「我實在不理解，妳到底在懷疑什麼?我們都結婚幾年了，小寶都上小學了，妳現在才在懷疑我?我搞不懂，『靜涵，妳爲什麼這麼想離婚?』」

「搜尋，『靜涵，妳爲什麼這麼想離婚?』」聽到我的話之後，靜涵沒有回答我，反而是麗莎重複了我的話。接著，我聽到了一連串不可思議的對話。

麗莎此時的聲音忽然變得完全不符合她的外形，而是一個男聲。

「靜涵，妳爲什麼這麼想離婚?」麗莎男聲。

「還不都是因爲你，你以爲我只是想跟你上床嗎?我也想跟你一直在一起呀!」麗莎女聲。

我聽得出從麗莎口中發出的男生聲音，是小寶的小提琴老師，王老師的聲音，而麗莎第二句「播放」出來的女生聲音，則是靜涵的聲音。

靜涵一聽急了，大叫指令。

「麗莎，系統關閉，系統關閉！」此時3D全息投影的麗莎人像瞬間消失，車上只剩下靜涵著急的喘息聲。

我將車子開上了高速公路，用後照鏡看著後座的妻子。車上的時間沉澱了好一會兒，我見靜涵逐漸冷靜，才開口說話。

「我跟妳說過，安裝3C產品，要熟讀使用手冊，妳就是不聽，妳不知道麗莎的AI智能，會錄製車上所有的影音檔，就像傳統的行車記錄器那樣吧……」

「……這都是你的陰謀……你想怎樣……」靜涵還在喘。

「如妳所願，我們離婚吧，不過妳可能從我這邊拿不到半毛錢就是了……」

車子一路下了交流道，到達靜涵娘家，靜涵頭也不回，硬生生地關上車門，揚長而去。

我透過助手席的窗戶，看著靜涵走進家門，心中不免感慨。

「麗莎，系統啓動！」全息投影讓麗莎瞬間又坐在助手席上，這時候的她穿著不是先前的ＯＬ套裝，反而是女子高中生制服，令我眼前爲之一亮！

「麗莎，爲了以防萬一，把關於我祕書凱莉跟我之間在車上的所有影音檔，全部刪除！」

「好的，已刪除。」

第十九宇宙

成癮

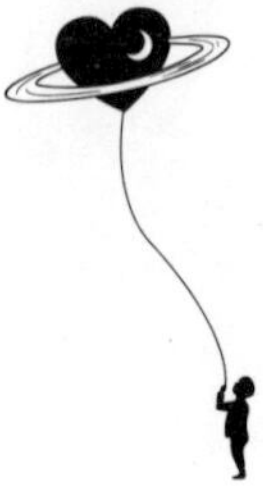

交往一年，發現男朋友患有成癮症。

這事實發現得並不困難，畢竟有點簡單醫療常識的人都知道，成癮症的患者，會有什麼症狀。除了會重複進行同樣行爲，或者對某種藥物以及人事物上癮之外，最明顯的判斷，就是當他停止這項行爲時，他的身體會出現一些戒斷的症狀。類似手會發抖，或者癲癇之類的強烈反應。

第一次發現阿輝有成癮症是酒精。

這事情眞的很容易看破，從我第一次認識他是在KTV裡面，他不停追酒並且越來越High之外，我也曾經私底下問過他，爲什麼要喝那麼多酒。原本我預期的答案是

「放鬆」，然而他告訴我的卻是「很爽，喝了酒之後，我覺得人生變得很快樂，於是，我就想要繼續喝！」

我查過相關資料，當你進行同樣的事情，促使大腦分泌某種激素讓你感到快感時，偶而爲之可以振奮自己的精神，但重複依賴這種刺激，就會造成分泌過度，依賴快感，進而演變爲成癮症了。

於是，我要他跟我去環島一個月，這個月內，不准喝酒。

阿輝對我說，「我愛妳，我答應妳，我會努力做到。」

過程中，阿輝痛苦了好幾次，全身發冷也好，雙手顫抖也罷，總之最終他捱過了這個癮頭，成功地戒掉酒癮。

我很開心，畢竟這個男人是我愛的人，我希望他變得更好。

第二次是手遊成癮。

沒了酒精之後，阿輝似乎人生裡少了重心，開始玩起手遊。原本我不以爲意，但是當我發現半夜我在睡覺他卻還躲在廁所玩手遊時，我就知道事情不對了，我必須制止他這個行爲，因爲他又在依賴大腦分泌激素提供給他的快感了。

一樣是一個月，我要他放下手機，跟我回台南老家過一段單純的生活。

阿輝對我說，「我愛妳，我答應妳，我會努力做到。」

過程中，阿輝痛苦了好幾次，全身發冷也好，雙手顫抖也罷，總之最終他捱過了這個癮頭，成功地戒掉手遊癮。

我很開心，畢竟這個男人是我愛的人，我希望他變得更好。

但生活卻總是無法平靜太久，這一次，他被我抓到他劈腿、偷吃。而且不是一次兩次，是連續好幾個晚上，他花錢叫了小姐，上旅館每晚快活。

這次和之前的狀況不同，但我很冷靜，因爲我知道，成癮症跟眞正的劈腿是不一樣的。成癮症是因爲想要享受那種快感，而外遇指的是他變了心，不再愛我，愛上別人。

在我詢問之下，我確認了阿輝連續七個夜晚，叫的都是不同的女人，每個晚上至少都做了兩三次以上，溝通之後，他也跟我承認，他對那些女人一點感情都沒有，只是因爲身體的感官刺激讓他無法停止，我確信，這又是另外一種成癮症。

一樣是一個月，我要他跟公司請假，跟我出國過一段與世隔絕的生活。

阿輝對我說，「我愛妳，我答應妳，我會努力做到。」

過程中，阿輝痛苦了好幾次，全身發冷也好，雙手顫抖也罷，總之最終他捱過了這個癮頭，成功地戒掉性愛成癮。

我很開心，畢竟這個男人是我愛的人，我希望他變得更好。

我以爲事情應該告一段落了，沒想到阿輝接下來，又患上成癮症。他開始閱讀，早上一本，下午兩本，晚上一本，各種書籍他都看，各種類型他都感興趣，因爲看書的時間佔去他生活中一大半比例，我確信，他又成癮了。我知道，我必須做出身爲一個女朋友該有的行爲。

一樣是一個月，我要他不准碰書，搬過來跟我住，過一段家居生活。

阿輝對我說，「我愛妳，但這次我無法答應妳，對不起……」

阿輝這次沒有照我說的話去做了，他沒有戒掉這個癮頭……雖然他說，這只是個生活習慣，而且是種好習慣，但最終在我看來，就是——他沒有照我說的話去做。

然後，我發現我開始感到極度的痛苦，全身發冷也好，雙手顫抖也罷，甚至嚴重的時候，癲癇都發作了。我無法承受他不接受我的建議，畢竟這個男人是我愛的人，我希望他變得更好……

這一次我沒有獲得任何開心的感覺，我只感到非常不舒服，我想要看到阿輝改變，我想要看到阿輝聽我的話做出改變，唯有那樣，我的大腦才會分泌快樂激素，讓我的身心感到愉悅……

第二十宇宙 致詞

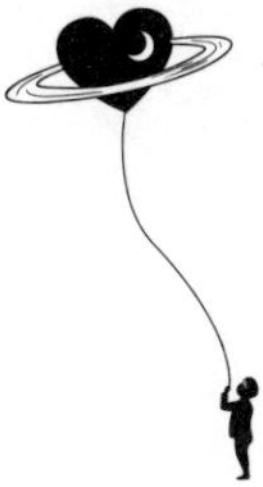

人潮簇擁的婚禮宴席上，我在門外站了好一會兒，終於，我知道屬於我的時間到來，沅均穿著一襲白紗坐在主桌，而她的丈夫，也在她的身邊。

我緩緩地從門口踏著紅地毯走上舞台，並沒有理會任何人的眼光，因爲我知道，我必須來，也必須上台來，更必須開口，說話。

我站在麥克風前面，清了清喉嚨。這時候我的女兒，沅均，總算是注意到我，抬頭往我的方向看了一眼。我對著她的眼神，露出淡淡的微笑，其實，我不想讓她知道，我心裡面，存在著多麼大的緊張與感動。

「各位來賓，大家好。我是沅均的爸爸。今天非常感謝，大家來到現場，作爲一個父親，我很驕傲，看著自己的女兒長大成人，並且得到這麼多人的祝福與關心，我想，這是當爸爸的，最感到欣慰的一件事了吧！」

我看見沅均這時回過頭去，應該是餓了吧我想，她總算開始拿起碗筷，將新郎夾給她的食物，往嘴裡塞。但我知道，她一方面，還是有專心地聆聽我的發言。

「沅均從小，就是個很優秀的孩子，不管是學業，或者是課外活動，體育，音樂，玩遊戲，樣樣都精通，我從來沒有擔心過她，又或者說，我從來都沒有……關心過她……」講到這裡，我自己不禁哽咽了起來。我知道童年時期，我對沅均做了些什麼，我酗酒，每當我酒喝多了，我總是會失控動手打她，不管是赤手空拳，又或者是手執棍棒……

每當我清醒過後，我就會充滿悔意地抱著沅均的小臉蛋，有時候她臉頰上還有著或大或小的瘀青，我會對她說：「沅均呀，爸爸對不起妳，妳原諒爸爸，好不好，爸爸最希望的，就是看妳長大以後穿上白紗，然後爸爸可以上台致詞。爸爸沒出息，一輩子都沒有在台上致詞的機會，我想，大概就只有妳結婚這個場合，我才有可能上台吧……」沉均聽完我的話，小小的眼睛裡會流出兩排淚水，然後硬擠出笑容，對我點頭。

這是我的天使，也是驅使我往後戒掉酗酒惡習的最大動力。

動手打小孩這事情持續的期間並不短，如果我沒記錯，可能一直到了沉均小學畢業之後，我才眞的擺脫酒精的控制，停止對沉均的虐待。

「但是，沉均還是對我很好……她在我生病的時候，還是會放下手邊的工作，來醫院看我，即使她的時間不多，她也會擠出空檔，哪怕是來看我二十分鐘，她都願意……」

沉均拿到碩士那年，我的身體就出了狀況，肝硬化，讓我必須不停地出入醫院，然而沉均卻開始了她會計師事務所的工作，每天從早忙到晚，幾乎沒有時間可以喘息。

到最後，我直接要求沉均不要來看我了，我不希望她爲了我把自己的生活搞亂，我可以自己在醫院把病養好，然後我要她，如期舉行婚禮，我也會依約出席。

就這樣，我開始了一個人在醫院養病的生活，我算不清是三個月還是接近半年，這段期間，我這個老爸努力對抗病魔，而我的女兒則是一邊忙著工作，一邊準備婚禮。很慶幸地，我們兩人，都完成了彼此的任務。

「所以，今天我要站在女兒婚禮的舞台上，對著台下的她，大聲地講一句：『女兒，我愛妳』，妳一定要幸福，還有旁邊的那小子，如果我女兒以後有哪一天不開心的話，我一定不會放過你……」我原本預期，我的講稿到這個地步，台下應該會有笑聲或是掌聲出現，可惜的是，台下的貴賓們，似乎沒有人買單。

不，有一個人有反應。

沅均在這時候站了起來，身體轉向舞台，看向了我。我們的眼神對峙著，我感動得眼眶含淚，我覺得，她也動容了。

旁邊的新郎也起身，從後面抱住沅均的肩膀，輕聲地在沅均的耳邊問。

「沅均，妳怎麼了？」

沅均看起來像是情緒有點激動，她撇過頭去，不再注視著我，但我聽得見他們小倆口的對話。

非常清晰地。

「我覺得，我爸來了……」

「妳爸？妳爸不是上個月過世了……？」

「對……在他過世前，我連去醫院看他個十分鐘，我都覺得難受，最後受不了只好騙他因爲工作太忙，就把他丟在醫院讓他自生自滅了，但不知道爲什麼，我覺得，他今天，來了……」

「妳太敏感了啦……」

「不是敏感，我永遠忘不了他在我小時候，毒打我的痛苦，當然也忘不了他每次打完我之後所說的，想要在我婚禮上致詞的事情，我太想要擺脫這個人……所以，我相信，我的感覺，一定沒錯……」沅均說。

聽完沅均的話之後，恍然大悟的同時，我的身體也逐漸透明了，我的夙願已了，也不用留在這裡了。只不過，在這情形下知道眞相，我又很不想走了，一股悔恨湧上心頭，我不但非常後悔，而且，非常恨……整個恨意，滿滿地籠罩在我即將消逝的靈魂外……

第二十一宇宙

我把我的青春給你

第①話　陳詠董

橘黃色的太陽緩慢地落入高聳的建築物身後，夕陽餘暉的光影在此時將這座城市籠罩上一片魔幻外衣。

天空，看起來猶如異世界般的配色。

圓環旁的綠蔭步道上，剛領完畢業證書的十八歲少女陳詠董以及同班同學李素，正開心地聊著自己即將迎來的大學生活。

兩名女學生皆穿著東區貴族學校的制服，而這間學校的基本學費，是一般高中的五倍，校風嚴謹，升學率高，也或許因爲如此，當兩人走在路上時，總是特別引起路人注目。

「男朋友一定要交，我絕對不要讓大學四年過得那麼無聊！」開口說話的人是李素，她有著細長的鳳眼以及雪白的皮膚，即使穿著學生制服，五官卻散發出濃濃的成熟東方風情。

「可是，妳不怕失戀嗎？人家都說失戀的痛苦比死還難受！」相較之下，陳詠堇有著黑白分明的大眼睛，以五官的精緻度及身材比例來看，陳詠堇稱得上是大眾眼中的美少女。

「眞的嗎？如果眞的很難受，我可能承受不了。」

「嗯，我覺得承受痛苦的能力，我應該比妳強！」陳詠堇說。

「最好是，妳連被妳媽罵兩句都眼眶泛淚了，還說什麼比我強呢！」

「我哪有呀！」陳詠堇半打鬧地拍打著李素，但李素瞪大了眼忽然停格看著前方的表情，卻讓陳詠堇收起了笑容。

陳詠堇循著李素的眼光看去，迎面而來的是兩名穿著打扮衣衫不整，估計行爲也不會高尚到哪裡去的街頭混混類男子。

其中有一個人看著這兩個小女生，甚至露出舔嘴脣的猥褻笑容。

「素，妳先走！」

「爲什麼？」李素說這話的時候，口氣已經帶著點抖音。

「剛才不是說過了嗎？要比承受痛苦的能力，我會比妳來得強很多。所以妳走，趕快回家去，不要跟妳爸媽說，我們遇到什麼人！」

「詠堇，妳一個人，眞的沒事嗎？」

「沒事，我知道怎麼應付他們，妳快走！」陳詠堇邊說，一邊用手推著李素。李素此時嚇得有點失了分寸，畢竟也不過眨眼間的事情，兩人原本愉快的聊天氣氛，竟然一瞬成了生死離別般的關頭。

李素還在躊躇時，陳詠堇已經大喊。

「快走！」

李素聞聲像是被下了什麼指令一般，飛也似地逃離現場。她從一開始的小跑步，逐漸變成極速狂奔，全速衝往家裡，拿了鑰匙，開了大門，進了房間，沒理會印尼傭人的招呼聲，立即躲進自己的床上，鑽進被窩裡畏縮地發抖著。

她想像著陳詠菫可能遭遇到的任何可怕經過，但是她卻不敢告訴任何人。因爲一方面說出逃離現場的事情會讓她自己覺得窩囊，另一方面，她又不想讓自己捲進任何會損害自己名聲的事情。

「反正，詠菫承受痛苦的能力比我強吧！」最終，李素只好不停地用這句話說服自己，任由時間流逝，她祈禱著下次見到陳詠菫的時候，不會聽到發生在她身上的任何噩耗。

暑假結束了。

當李素再次見到陳詠菫時，已經是在大學校園裡了。她們兩人同時推甄上一樣的學校，也曾在高中畢業前一起到校園走過，然而要到開學的那一天，陳詠菫站在操場旁的草地上，頂著大太陽對李素揮手的瞬間，李素一顆忐忑的心，才總算是放下了。

「沒事，那天什麼事都沒發生。」李素在心裡面自己對自己這麼說著。然而一旦靠近陳詠堇，她的嘴卻說不出半句話來。

「素，我們一起選一樣的通識課吧，這樣就可以一起蹺課了！」陳詠堇爽朗的聲音，解除了李素的封印，讓李素確信那天晚上的確沒有發生任何事情，而這兩個好朋友的大學生活，也就在這麼一句話之後，多彩的開展。

他們一起選了「兩性心理學」的通識課，也一如約定地蹺課了。蹺課的時間李素喜歡去籃球場看學長們打球，但陳詠堇則是對於社團活動比較熱衷。陳詠堇總是會用她那雙無邪的大眼睛，仔細聽著每個社團招生的學長介紹社團的活動與宗旨，然後再用她那出自上流家庭富含修養的詞彙與口氣溫柔地回絕。

「這也太無聊了！」這回音，一直都是陳詠堇聽完介紹後在內心迴盪的獨白。

那一天，她走到「腦補社」的社辦前面，一臉疑惑地看著「腦補社」三個字好奇，身旁立刻就傳來某位不知名學長的殷勤介紹。

「我想妳一定是學妹，畢竟學校裡面的人，沒有人會對我們社團的名字感到好奇的，因爲我們的社團太特殊了，任何人只要一接觸我們，立馬就會搜尋這社團是做什麼的，今天學妹妳很幸運，剛好碰到學長我，就讓我來爲妳介紹，『腦補社』的立社宗旨以及社團活動內容爲何吧！」說話的男大生身上穿著印有「腦補」兩個字的T恤，只不過字樣卻被他的大肚給撐得有些變形。

「謝謝學長，但其實，我並沒有什麼興趣，我只是對於那三個字所使用的字體感到不協調才會停下腳步來看看的，所以，眞的不勞煩學長大費脣舌以及佔用學長寶貴的時間了！」陳詠菫一如往常伶俐地拒絕之後就想離開，沒料到這位宅男學長的一席話，卻抓住了她的耳朵。

「妳知道，平行宇宙是存在的!!而且平行宇宙裡的人事物有可能還是相似的，只不過時間先後順序上有所不同而已。也就是說，在這個時空裡面，我正跟妳說著話，在另外一個平行時空裡面，我可能正打算過來跟妳說話。妳知道，如果這種平行宇宙的理論成立的話，會產生什麼現象嗎?如果這種理論成立，加上靈魂的物質不滅定律，我在上個平行宇宙死亡後，就有可能轉世到這個平行宇宙，而其實這個平行宇宙有可能跟我生前的宇宙裡的人事物根本都一樣，這樣會有什麼結果呢？這樣就會產生，我在那個宇宙死亡的靈魂，有可能轉世到這個宇宙裡面，妳的身體裡，換句話，妳的前世有可能是我，而我的前世有可能是妳，神奇？」男大生的肢體語言展示出極度需要旁人認可的姿勢。

陳詠菫用力地眨著自己那雙無邪的大眼，三秒過後，面對宅男學長說出：「嗯，神奇。」接著轉身離開。

晚上，陳詠菫來到李素租的學生宿舍裡面，兩人買著學校後門的鹹酥雞，配著大杯的珍珠奶茶，開心地聊著開學這幾天的新鮮生活。

「不是Jenny，是Jean！」陳詠菫大喊著。

「爲什麼要取英文名字啦？」

「因爲英文老師說以後出社會，職場上的人都會用英文名字呀，如果叫中文名就會很沒 sense！」

李素癟著嘴不置可否。

「妳的交男朋友計畫，到底實現了沒？找到目標了沒？」陳詠堇口中咬著雞屁股，語帶含糊地問著李素。

「好像……有一個學長，我還，挺欣賞的……」有趣的是李素雖然嘴裡沒有食物，但講話卻也一樣含糊。

「王依山，物理系，籃球隊副隊長，身高一八二，目前單身，對吧？」陳詠堇隨口又塞了個糯米腸進嘴裡。

「妳怎麼知道？」

「妳是我好姐妹呀，早幫妳調查好了，誰不知道妳根本看不懂籃球呀，整天坐在籃球場，還不就是爲了看他！」

「嗯……因爲我不知道，該怎麼進行下一步呀！」

「不用擔心，有我呢！來，敬我們多采多姿的大學生涯！」陳詠堇舉起珍珠奶茶，李素也跟著舉杯，兩人開心地在宿舍裡面聊著姊妹掏心話。

幾天後的學校籃球館內，出現了陳詠菫的身影。在校隊練習完畢之後，高挑的王依山戴著耳機，雖然是打球，但他耳際聽的卻是莫札特的土耳其進行曲。他手拿著毛巾擦拭著臉上的汗水，時而甩著前額瀏海的動作，的確像是個吸引人的貴公子。王依山一轉身，卻發現眼前出現了一個水汪大眼的美少女。

「你專情嗎？」陳詠菫劈頭就問。

「蛤？」王依山一臉錯愕。

「最近常出現在球場邊看你們打球，那個鳳眼短髮的女生是我閨蜜。她叫李素。如果你不是個專情的人，那你就來傷害我，因為只有你傷害我，我那閨蜜才會對你死心！懂嗎？如果你夠專情，就好好對她，懂嗎？」陳詠菫一說完話後不等王依山反應，便兀自地離開了球場。

看著陳詠菫的背影，王依山俊俏的臉龐上，忽然漾起一抹奇特的笑容。

這一天夜晚，陳詠董婉拒了李素到她宿舍談心喝奶茶的邀約，反而來到東區的巷弄內，像是在等人。

陳詠董有點不耐煩地四處張望，這時她瞧見了一名頭髮略長，蓄著鬍碴的頹廢男，坐在東區速食店的角落裡，滑著手機。透過落地窗的倒影，陳詠董被頹廢男下巴的弧線給吸引了，雖然對方手機螢幕裡是交友軟體的介面，而且看起來這男人就是一副在物色女人的模樣。但陳詠董卻無法將自己的目光從這個男人的身上移開。

沒多久，一名打扮時尚，五官一如東區複製人的女性走至頹廢男面前揮手，頹廢男態度看起來並不算友善，只是起身，自顧自地滑手機往前走，而複製人也就這樣跟在他身後，兩人在路口一個轉彎，消失在陳詠董的視線內。又過了一兩分鐘，陳詠董看見頹廢男子騎著重機從她面前揚長而去，在那一瞬間，頹廢男不經意回頭的眼神，與陳詠董的目光恰好對上。

一拍。

陳詠菫不自覺地呑了口口水。對上眼神的那一拍，她的心跳卻沒對上。當她還發愣看著男人的車尾燈時，冷不防有人從背後拍了她一把。陳詠菫轉身一看，兩個混混大剌剌地站在她眼前。更令人料想不到的是，這兩名男人，正是陳詠菫與李素在上大學之前的那個夜晚，在路邊遇到的不良少年。

陳詠菫看著兩名混混，半晌說不出話來。忽然，其中一名混混從口袋裡拿出一包菸，擺到了陳詠菫面前。

「怎樣？大學生，好玩嗎？」

陳詠菫神態自若地拿出一根菸就往嘴裡送，另外一名混混則是點了打火機幫陳詠菫點燃菸頭。

「不好玩！」陳詠菫吸了一口菸，對著天空吐出了一道長長的白霧，又再度望向那個頹廢男子重機離去的方向。

「不好玩，而且，有點，不想再裝下去了……」陳詠菫看著遠方的表情，若有所思。她嘴中吐出的煙霧，越來越濃，越來越濃，濃到這整個空間，彷彿都要沉沒在這片霧霾之中……

第②話　Jean

台北市內最高的建築物裡，位在五十八樓的公司會議室內，雪白的會議桌上躺著一張印著Jean的名片。頭銜則是：Executive Manager。

整個會議室內的空氣似乎無法流動了。在長桌的右側，坐著貌似客戶的兩名中年男人，與長桌的左側坐著貌似提案人員的兩男一女，壁壘分明的對看著，那群屬於客戶的一方，臉色相當不好看。

「Jean，妳得說話，這不是妳做事的風格。」其中一名中年男子終於開口，看起來他是客戶端的主管。

「王副總，不好意思，這案子是由我負責的，Jean剛從上海回來，根本還沒……」話說到一半，這名較爲年輕男子的嘴，就被Jean用手勢給堵住。

Jean的身材比例好，雙眼有神，黑白分明，雖然看得出並不算年輕的容貌，卻依舊光彩奪人。

「王副總，剛才Mike提的案子，您不滿意是理所當然的，就連我聽了也覺得傻眼，可是這只是我們準備的其中一個提案，如果您有耐心，我們可以再提第二個……」Jean一說完話，那名為Mike的年輕男子立刻睜大眼睛，看向坐在他身旁的另一名男子，很顯然地，這兩個人並沒有準備所謂的「第二個提案」。

「Jean姐，沒有第二個……」

「第二個提案很簡單。剛才Mike提的利用多名KOL集體出來宣傳的計畫，您覺得會混淆焦點，因為這些KOL的屬性並不一致，那我就直說了，其實我們也提了一個類似的提案給我們另外一個廣告主，就是您知道的，全球最大的機能飲料品牌，如果，剛才的提案，是由貴司加上他們，一起推出KOL的影片，這樣一來，是不是焦點會很明確呢，運動品牌，加上機能飲料，再讓KOL都拍出屬於他們自己擅長的休閒運動，這樣的效果，肯定夠強了吧?!」Jean說話的節奏分明，口條清晰，光是氣場，就足以改變現場氣氛。

那名被稱爲王副總的男人，在聽完Jean這一連串的描述之後，先是一愣，緊接著笑顏綻開，會議室裡的氣氛，忽然被他的笑聲搞得沸騰了起來，就連原本一臉苦瓜樣的Mike，在這時候也跟身旁的同事，一起陪笑。

「好，這樣很棒，Crossover，跨界再加上KOL，Jean，妳果然是你們公司的招牌呀！」王副總越笑越開心，Jean雖然臉上陪著笑，但心裡也是倒吸一口涼氣，想著總算是讓自己又順利過了一關。

三人走出了客戶辦公室後，Jean和Mike以及另外一名同事站在路旁，Mike看著手機，正在利用手機招喚Uber。

「Mike，我說了幾次，準備提案至少要有兩到三種以上的想法，如果被打槍怎麼辦？還有你，小李，剛才的簡報準備也太簡陋了，那些KOL的資料，竟然還有漏掉的，我到底平常是怎麼教你們的！」Jean此時再也忍不住爆發。

「Jean 姐不好意思，昨天陪我女朋友過生日，弄得晚了……」小李說。

「Jean 姐，抱歉，昨天晚上照顧小孩眞的沒有時間弄第二個提案了，第一胎，又才三個月大，我們兩夫妻眞的搞到一個頭兩個大……」Mike 一臉愧疚地訴說著自己的苦衷，這理由反而讓 Jean 說不出話了。

也不知道自己是因爲聽到屬下有了兒子替他開心，還是替自己依舊單身感到心酸。都已經三十五歲的女人，每天還在各地飛，也等不到男朋友的一句承諾。

「好啦，沒事，反正下一次記得就好，我不見得每次都有辦法替你們擦屁股，知道嗎？」Jean 的態度明顯地軟化。

「知道，Jean 姐！我們組只要這個月的業績超過 Zoe 姐他們那組，Jean 姐就會被派到上海負責業務了，我和小李，一定會自力更生的。」

Jean 不自覺地嘆了口氣，倒不是擔心自己的業績做不過 Zoe，而是這個原本夢寐以求的挑戰，在「是否要結婚」的選項面前，忽然變得不那麼具有份量了！

三人一回到公司踏進辦公室，總經理 Kevin 已經迫不及待地走到門口迎接 Jean 的回來，並且用力地大聲鼓掌著。

「Good Job Good Job！王副總剛才打電話來了，說了妳在他們公司臨機應變想出的好點子，從王副總稱讚妳的口氣裡聽起來，我都得要擔心，他有可能出高薪來挖妳了！是不？哈哈哈哈！」Kevin 自以爲幽默地笑著，卻沒料到 Jean 出乎意料的回應。

「出過價了！」Jean 冷回，一邊走向自己的辦公桌，放置隨身電腦。

Kevin 臉一沉，急忙衝向 Jean 身旁。

「他出多少？妳答應沒？」

「別……這麼沒 sense，我是那種會被挖走的人嗎？你回去辦公室吧！」

「很好，很好！別忘了，這個月業績一出來，我就會決定誰去上海負責唷！妳看看，虎視眈眈的人可不只有王副總而已！」Kevin 的眼神一飄，就看向辦公室的另一角，一名短髮幹練的女人，冷眼瞧著 Jean，甚至乾脆一步步地朝 Jean 走來。

「想去上海呀？那 Wayne 怎麼辦？遠距離戀愛，妳會放心？」短髮女壓低聲音，在

Jean 的耳邊說著。

「我們的事，不勞費心！」Jean 從頭到尾沒正眼看過短髮女，自顧自地整理著自己桌上的文件。但其實 Jean 心裡清楚，對方輕描淡寫的幾句話，都正好打中她的要害，讓她的心裡直顫抖！

「我這兩天還有發案子給他喲！最近我們可是很密切在合作呢！」

「謝 Zoe 姐關照我男朋友，希望他可以多賺點錢，這樣我就可以少加點班！」

「是嗎？妳不是想去上海嗎？我先說唷，Wayne 的魅力，如果妳不在身邊，我可不知道我們會發生什麼事唷！」

Jean 在 Zoe 的這句話之後，才總算正眼看著 Zoe，Zoe 也絲毫不退讓地瞪著 Jean，兩個女人之間，像是有什麼深仇大恨似地彼此對看著。Jean 這時忍不住雙手無意識地來回用力搓揉著，只有她自己心裡知道，那是她焦慮時會出現的症狀。

一直到辦公室另一隅有人叫出 Zoe 的名字，那四眼間的火花，才因此而消逝。隨著 Zoe 的離開，Jean 深呼吸了一大口氣，接著緩緩吐出，用那已經開始微微顫抖的手，拿出自己手機，看著螢幕裡的 Line，對著「Sandra」這個暱稱敲了幾個字。

「我要約妳時間，今天幾點可以？」

幾個小時過後，當 Jean 離開 Sandra 的辦公室後，Jean 回家換了套輕便的服裝，她心裡分得清楚，跟 Wayne 碰面的時候，需要把職場上的保護色悉數褪去，藝術家氣息的 Wayne 喜歡的是從學生時代就認識的自己，然而 Jean 卻已經開始懷疑，自己到底愛的是不是現在的 Wayne。

走進新北市的一間老舊公寓內，鐵門舊得都鏽出了洞。Jean 熟練地開啓鐵門，走上五樓頂樓，出了陽台，只見那加蓋的頂樓鐵皮屋內不時閃出攝影棚特有的亮光，忽明忽滅地，一如 Jean 胸口拉扯的心情。

Jean 沒有急著走進鐵皮屋，只是倚著陽台邊的鐵欄杆等待。沒多久，閃光停了，從鐵皮屋裡走出一名身材纖細的女人。

「到了怎麼不進去？」身材纖細的女人叫做 Sue，是 Jean 從學生時代就開始要好的姐妹。眼睛細長，頗有東方風情。

「沒事，想說等你們忙完再說……」Jean看著Sue那帶妝的五官感到有點陌生。大學時期的她，很清秀的容貌，怎麼現在像是換了個人呢?!會不會連內在也跟以往不同了！

「好，那我先走了，不打擾你們！」Sue帥氣地揮了手，和Jean擦肩而過，Jean則是走近鐵皮屋，拉了把手走進這個十坪大小被充當攝影棚的空間。Wayne正在整理燈架，聽到聲音頭也不回。

「忘了拿內衣嗎?」

「她有脫內衣嗎?」Jean回答得冷冷的，也不帶有太多情緒。

Wayne在這時候轉了頭，一頭長髮滿臉鬍碴的他，雙眼無神地看向Jean，二話不說起身一把就將Jean給抱入懷中，接著就是一連串的熱吻。

Jean被這波攻勢搞得身體也軟了，就這樣隨著Wayne的挑逗，兩人踉蹌地跌進角落的沙發床上，Wayne飢渴地將手伸進Jean的T恤內，輕柔地用手指頭挑逗著Jean的乳首。雖然感到酥麻，但 Jean 的意識並沒有因爲這樣而不清醒，她立刻將手伸進了 Wayne 的褲襠內，輕輕撫摸 Wayne 的敏感地帶，堅挺的速度以及硬度讓 Jean 瞬間掃除了心中多疑的陰霾，畢竟如果是先前才剛完事的男人，是不可能在這麼短的時間內就起了生理反應的。

至少以她認識多年的 Wayne 來說，這是不太可能的。

像是要回應 Jean 的多心，Wayne 在這時迫不及待地單手拉下自己的褲子，另外一手迅速解開 Jean 長褲的扣子，粗暴地拉下，接著就將自己的下半身，推進 Jean 的體內，Jean 忍不住從鼻息中漏出愉悅，聲音從壓抑逐漸轉爲釋放……

當快感達到頂點後，兩人都忍不住地喘息著，Jean 卻在此時急著開口。

「我，可能……會去上海，負責那邊業務……你希望我去嗎？」

Wayne 聞言後沒有反應，Jean 只能看見他雙肩因爲氣息不順而不停高低起伏著，接著就見 Wayne 裸著下半身起身，走到鐵皮屋的角落，像是在尋找某樣東西。不解的 Jean 坐起身子，看著 Wayne 的背影，雙手不停扭扯著，接著 Wayne 轉過身來，示意要

Jean 把手伸出來。

半信半疑的 Jean 遞出了左手，Wayne 在此時緩緩地將一條被他扭曲成環狀的鐵絲，套在 Jean 的手指上。

「別去，嫁給我吧！我們說好的，回鄉下去定居，過平淡的日子，一輩子，就這樣……」Wayne 那無神的雙眼在此時透出迷人的光芒，Jean 在這一刻才知道，自己長時間以來內心的焦慮，就是因爲等不到這句話的到來。

「如果妳願意，我們晚點就去見我爸，好嗎？」Wayne 追加的問句，徹底瓦解了 Jean 的心。要知道從學生時代就開始交往的兩人，Wayne 可是從來沒表示過，要讓 Jean 去認識他家人的意思。

Jean 點了頭，抱住了 Wayne。

鐵皮屋內的燈光不再明滅，一如 Jean 的心情從此刻開始持續光亮著。

Wayne 坐在 Jean 駕駛的 BMW 車裡副駕座位上，熟悉地指揮著方向。

「前面右轉。」Jean 雖然很聽從指令轉動著方向盤，但她也有點疑惑，畢竟車上就有導航系統，只要輸入地址，Wayne 大可不需如此費周章。

「可能，是想要帶我回家認識父親的心情過於強烈吧！」Jean 這麼想著。

當汽車下了交流道，越來越逼近某棟大型建築物時，Jean 才開始感到一種違和感。她眼角的餘光，看到了「急診室」的燈箱，還有幾輛進出的救護車。

「停到停車場吧，我們到了。」Wayne 最終指示的目的地是北市郊區的醫院，Jean 一路尾隨 Wayne 上了電梯，過了幾個走廊彎道，進了某間病房。

病房內有六張床，一張是空床，另外幾張床上躺著的都是看起來病懨懨的長者，有一兩張病床是拉起簾幕，但透過簾幕的縫隙，Jean 還是可以感受到每個患者那生命力之微弱。

兩人走到最角落的病床邊，拉開帷幕，映入 Jean 眼簾的是一名已經下半身癱瘓的老人。

「爸，我帶我女朋友來看你了，順便跟你說，我們要結婚了！」照理說聽起來是跟長輩報告喜訊的一段話，從 Wayne 的口中說出時，聽起來卻像是在唸稿子一般生硬。

「伯父，你好！我是 Jean！」Jean 收起職場上的強者姿態，在這一刻，她只希望可以得到男朋友爸爸的認同。只不過，老人家沒有半點反應，睡著時半張開的嘴角，還不時地有口水流出。

Wayne 見狀後，拉起 Jean 的手退出帷幕外。

「我爸上個月中風了，現在半身不遂，需要人照顧。他曾跟我說過，他絕對不找看護，他只接受家人幫忙，像是清理大小便、翻身、吸痰這些事情，我不想勉強妳，只是想讓妳知道，如果結婚，我們就是一家人，而這些，就是現實生活，可能跟我們在學生時代聊的，有些落差，但當然，等我爸走了，我們就可以去過我們聊過的人生……」

「劉先生，你來了，可以過來一下嗎？我跟你說下你爸的狀況……」護士的喚聲將 Wayne 帶離開了 Jean 的身邊，Jean 在此時才開始正視起這一切經過。她不得不懷疑，從來都不願意開口求婚的 Wayne，在這個時間點說要結婚，只是因爲這個忽然重症的老爸，還是眞的想要和自己共度餘生？如果是因爲這種動機才開口跟自己求婚的對象，自己又是否有必要爲了他放棄那好不容易掙來的工作位置？

Jean用手指輕輕地撥開了帷幕，看著那名臉上佈滿皺紋，呼吸不順暢，下半身不自由的老者，她的雙手又開始顫抖了起來，呼吸也急促了，焦慮症並沒有因爲Wayne的求婚而得到改善，彷彿是將她又推入了另一個更深不見底的焦慮……

第③話　劉奶奶

陽光不強，卻像是因爲日暈現象讓整片自然看起來炫目不實。

南部的鄉下在四月份拂來涼爽的風，一棟棟透天厝林立在不算擁擠的社區內，帶著雙大眼睛的劉奶奶扶著行動不便的劉爺爺走在社區間的小路上，這是兩老每天都必須執行的行程。除了劉奶奶希望一直保持跟劉爺爺之間每天有一段親密的小接觸之外，對於已經罹患阿茲海默症的劉爺爺來說，每天出門走走也是醫生要求兩老做到的功課。

行經王家門前，牆邊成群的桔梗花露出藍紫色的大葉片，矮牆內的王奶奶正在曬著衣服，吃力地將衣架放上晾衣桿上，一見到劉爺爺劉奶奶兩人，王奶奶的動作立馬停了下來。

劉爺爺問：「王太太，吃飽沒呀？」

王奶奶：「有！」

劉爺爺：「王先生呢？」

王奶奶：「在裡面睡午覺呢！」

一說完這話，劉奶奶眨了下左眼和王奶奶打個暗號，王奶奶微微笑著。劉奶奶牽著劉爺爺的手，心滿意足地離開了王家。

在劉奶奶心裡面，就這樣跟劉爺爺漫步在鄉下的住家附近，兩人聊著生活中的瑣事，就是她一輩子的夢想了。年輕時期曾經在都會裡取得什麼樣的成就，對劉奶奶來說，都比不上這個夢想成眞的畫面，若是硬要說有美中不足的地方，大概就是劉爺爺的老人痴呆症，太早發作了！曾經他們兩老可以天南地北地談天說地，講述著學生時代的曖昧，出社會後的風花雪月，甚至聊劉爺爺最喜歡的攝影，這些歷史，如今劉奶奶都只能從自己的腦中召喚，畢竟，依靠劉爺爺那忽明忽滅的記憶，劉奶奶倒不如自己溫習過往來得容易。

話雖如此，劉奶奶確定有些事情，劉爺爺還是不曾忘記的。

兩老回到他們利用年輕時打拚的積蓄所買下的三層樓透天厝裡，門一開觸目可見的都是黃色的便利貼，在瓦斯爐旁標明要關瓦斯，在微波爐邊貼著什麼食物要溫熱多長時間等等，可以想見在劉爺爺開始發病到目前狀態的過程當中，劉奶奶吃了多少苦。

對劉奶奶來說，嫁給劉爺爺雖然是一生的心願，但是當他倆剛開始結婚時，劉奶奶就獨自照顧劉爺爺半身不遂的父親好幾年，而年輕時的劉爺爺只顧著自己的攝影工作，完全不把劉奶奶的貼心當一回事。好不容易過了幾年送走了劉爺爺的爸爸，兩人如當初所計劃好的回到鄉下養老後，沒幾年好光景，劉爺爺就開始忘東忘西，甚至跑到別人家當作回到自己家，於是乎劉奶奶又再度地扛起照顧病人的重責大任，從一個半身不遂的老人，到一個重度阿茲海默症患者的看護生活，劉奶奶基本上把自己的人生，都奉獻給了劉家。

即使如此，劉奶奶還是深愛著劉爺爺，總是在散步回到家，讓劉爺爺坐上他最愛的躺椅之後，劉奶奶就會開始問起劉爺爺年輕時的事情。

「你記得，你看了第幾張照片之後，才選了我嗎？」劉奶奶說。

「一、二、三……七，第七張照片，我一眼就喜歡妳了呀，不看第八張，也不用看第九張、第十張照片了……」基本上，劉爺爺唯一記得住的，關於劉奶奶的事情大概也就是這件事，其他一些細節或是經過，只要劉奶奶再繼續追問，劉爺爺就會開始把近來看到的電視劇劇情代入，常常聽得劉奶奶哭笑不得。通常這時候，劉奶奶就會讓劉爺爺舒適地在躺椅上睡覺，而自己則開始打理家裡，還要按時服食治療她乳癌的藥。

聽人家說，乳癌的發生，通常和胸口的情緒有關。壓抑太多不好的感受，就容易罹患這樣的病變。對此劉奶奶不置可否，關於壓抑情緒，關於焦慮這種體驗，她品嚐得可多了，犯不著跟旁人一一解釋。總之，生病就生病，重點是可以跟劉爺爺相愛一世，這才是她最在意的事情。

「小柔呀，晚餐吃了沒？」劉奶奶撥打著手機。

「吃了啦，媽我在忙，我再打給妳！」

「沒事，不用打，我只是想說有空多回來看看妳爸！」

「妳說那個人？不用吧，我跟他不親，妳照顧他就好！」

「妳怎麼老這樣說話！」劉奶奶每次聽到小柔對這個父親講話的口吻如此，就感到難受，明明小時候父女倆還那麼親密的。

「先這樣，不說了，掰！」等不及劉奶奶回應，小柔掛了電話，只剩下對著話筒空惆悵的劉奶奶。

雖然早已習慣小柔的口氣，但劉奶奶還是希望女兒可以改變對劉爺爺的態度，畢竟，劉爺爺在這世上的時間或許也不多了。

這一天，劉奶奶按照慣例打理著家裡面的環境，忽然心念一動，想起女兒小時候跟她爸爸的合照，於是一個人走到二樓的某個房間，那個專門被劉奶奶當做倉庫使用的空間裡，開始翻箱倒櫃地，找起以前的相本。只不過，相本沒找著，倒是找到了幾本舊存摺，已經都被銀行人員給剪掉封面角，作廢了。劉奶奶翻閱著這十幾本約莫是五年前累積的存摺本，那時候劉爺爺還沒發病前，匯款跑銀行這種事情，都是他自己去完成的，也因此，這幾本舊存摺，劉奶奶一概沒見過，好奇心驅使她看著存摺上的每一筆匯出與匯入紀錄，翻了幾下之後，劉奶奶的眼睛倏地睜大了起來，因為她發現一個奇妙的巧合，那就是在五年多以前，在每個月固定日子裡，劉爺爺都會匯一筆不算小的款項到某個人的帳戶。

劉奶奶越看越覺得奇怪，於是把那十幾本存摺，一本一接一本的翻，赫然發現，這樣的動作，在劉爺爺發病之前，竟然持續了將近十年之久……

錢不是重點。對劉奶奶來說，她將自己一輩子的青春給了這個男人，給了這個家，但是如果在這男人離世之前，讓她發現自己的先生一直在養著外面的某個女人，這個事件，會讓劉奶奶整個人生，瞬間失去意義。一想到這，劉奶奶的胸口又開始痛，她深呼吸，她很清楚，這時候更要保持冷靜以及心情的平穩，畢竟事情都還沒釐清呢，可千萬不要抱著誤會生活呢！

劉奶奶順手拿起自己隨身攜帶的包，經過正在呼呼大睡的劉爺爺身邊，喀嚓開了門，就往先前的王奶奶家走去。

王奶奶家裡的擺設雖然單調，但家具的質感可都是不差的。如果是識貨的人走進這個客廳，一眼就可以分辨得出，那沙發是歐洲的高級牛皮沙發，那家電也都是日本的知名品牌，從這些地方，都看得出女主人的品味。

劉奶奶坐在沙發上，自然是沒有心情欣賞這些擺設，一手抓著存摺，一雙催促的眼神直盯著王奶奶看。然而王奶奶動作優雅地展現她高超的茶道，輕巧熟練地將特等烏龍茶葉浸在茶壺裡，緩緩地轉著杯。屋裡不知是從房間還是客廳的某處傳來莫札特的土耳其進行曲，這生活方式和劉奶奶相形之下，王奶奶宛如貴婦。

「怎麼了？看妳慌張的，喝杯茶先。」王奶奶倒滿了一杯在劉奶奶眼前的茶水，劉奶奶則是一飲而盡。

「想問妳一些事情！」劉奶奶說。

「問吧！」

「妳記得好多年前，老王還在的時候，常常跟我們家老爺出去鬼混嗎？可能去紅包場、夜總會之類的地方……」

「記得呀，他們偶爾都還會拍照片勒。」王奶奶講得稀鬆平常。

「那妳有沒有什麼印象，像是老王跟妳講過，我們家老爺，有特別跟哪個女人走得比較近，甚至有出去約會過的嗎？」劉奶奶問得小心翼翼。

「逢場作戲，怎麼會有那樣的人?!怎麼了妳，都幾年前的事了，老王都走了，妳家老爺都失智了，妳現在反過來還要調查這種事情呀？」

王爺爺在幾年前因爲喝酒過量肝硬化在醫院住了一個月不到，就不治離世了。也或許是在那事情之後，引發了劉爺爺對人生的感傷，仔細想想，劉爺爺開始失智，似乎也就是這個老朋友王爺爺過世的幾個月後。

當劉爺爺的病情一度惡化，後來又被醫生用藥物控制住之後，劉奶奶開始每天與劉爺爺展開散步之旅，途經王奶奶家，爲了不讓劉爺爺想起王爺爺過世的壞消息，於是王奶奶幾乎每天都會回應劉爺爺同樣的對話。

劉爺爺問：「王太太，吃飽沒呀？」

王奶奶：「有！」

劉爺爺：「王先生呢？」

王奶奶：「在裡面睡午覺呢！」

當然，這事情是劉奶奶私底下跟王奶奶溝通過的，王奶奶兩夫妻原本就跟劉爺爺兩夫妻是好朋友，撒這樣的小謊，自然是義不容辭。

「我就是想知道，趁他還沒過世之前……」劉奶奶此時的眼神流露出不甘，這也才讓王奶奶對這事情開始認眞以對。

「最常聽老王講的，大概就是去有那卡西的店家吧，老劉喜歡聽人家現場演唱，至於那些酒家女，我們家老王是說，老劉都沒興趣的……」王奶奶頓了一下，忽然想到什麼接著說道，「啊，這樣講起來，好像有一個，有一個唱歌的，老王說過老劉特別喜歡，每次都給了她不少小費，聽說是她家裡缺錢，環境很差之類的……」一聽到「錢」這個關鍵字，劉奶奶的眼睛亮了起來。

「哪間店記得嗎？還是，她叫什麼名字之類的，有沒有名片、地址什麼的？」劉奶奶像是溺水時抓到浮木般，渴望王奶奶可以就這樣把那個女人給揪到面前來似的。這時候王奶奶倏地起身，要劉奶奶緩著些，別著急。

轉身進了房間，一陣翻箱倒櫃聲之後，王奶奶又回到客廳，手上多了幾張照片。

「妳看，應該就是這個女人！」王奶奶給出了三張照片，一張是酒席間，應該是劉爺爺用單眼相機拍的，女人在舞台上握著麥克風，風姿綽約。只不過距離有點遠，看不太清楚女人的容貌。另外一張則是王爺爺跟劉爺爺年輕時候兩人在喝酒時的合照。最後一張，則是在晚間的店家門口，劉爺爺跟那名女子的合照。只不過女子的濃妝讓人無法辨別她眞正的樣貌爲何，然而眼尖的劉奶奶，卻在此時看見了後方那塊失焦的招牌。

醉月。

劉奶奶心想，有這間店名應該夠了吧！

第④話　劉文元

午後，校園內的籃球場邊。陳詠菫坐在李素的身邊，自顧自地說著話。

「我想買化妝品……」

「幹嘛?換妳有喜歡的對象了嗎？」李素一邊專心地看球一邊回應。

「就只是想改變一下自己而已啦，一定要有喜歡的人才可以嗎？」

「妳沒有正面回我問題，我問的是，妳有喜歡的對象了嗎？」

陳詠菫的腦中閃過那名在東區見到，騎重機的頹廢男生，意識到自己的確像是有了喜歡對象。

「我可能……」話沒說完，一顆天外飛來的籃球打中陳詠堇的頭，陳詠堇應聲倒地。

「詠堇！詠堇！」李素驚慌失措地大聲嚷著，連球場上的人都側目看了過來。後來是幾名籃球隊的隊員幫忙，才將暈倒的陳詠堇抬到了醫療室，李素對著這一群男生連忙鞠躬道謝，當大家都散去後，李素才想起要去幫陳詠堇倒杯溫開水，慌張地在醫療室內遍尋不著後，跑出醫療室直奔福利社。

陳詠堇躺在病床上，一陣昏迷後終於張開了眼睛，她感到被球打到的側腦有點疼痛外，部分的暈眩也讓她看不太清楚周圍，等到她終於適應了自身的生理狀態後，赫然發現，王依山就站在病床邊。

「你在這幹嘛？」

「那一球是我丟偏的，才會砸到妳，想跟妳說聲抱歉，不好意思。」

「沒事……哎唷……」陳詠堇好強，嘴巴上說著沒事，頭卻依然暈著。王依山此時上前一步，扶住了原本想要起身的陳詠菫，兩人近身接觸，讓陳詠菫瞬間感到一種不自在。

「躺下吧，休息一下比較好。」王依山溫柔說話的聲音，和平時在球場上的神態判若兩人，很有一種落差的美感。

「然後，妳上次跟我說的話，我想過了……」

「什麼？」陳詠菫一時間有些困惑。

「雖然妳說妳朋友對我有好感，但，我比較喜歡妳。」

陳詠菫這下聽得頭更痛了。

「如果可以的話，下次見面我想聽聽妳的回應，是否可以跟我交往……」王依山這一連串的自我推薦，自信爆棚到讓陳詠菫有點反胃。

然而在醫療室門外，手上捧著一瓶礦泉水的李素，則是聽到這一切而停下了腳步。

這時李素的胃裡好像異常地產生大量的胃酸，甚至讓她想吐。

事件過後，李素並沒有跟陳詠菫多說什麼。兩人很有默契地，不再提到當天醫務室裡面的對話。

幾天過後的校園餐廳裡，人潮熙攘，李素跟一邊額頭還貼著膠布的陳詠菫坐在角落，氣氛帶點詭譎地吃著東西。

「素，妳沒有食慾喔？」陳詠菫察覺到李素的異狀。

「沒事，我只是，有些問題想……」李素話沒說完，一抬頭就看到從陳詠菫身後走近兩人的男生，正是她一直在球場上追蹤的背影，王依山學長。

「可以一起坐嗎？」王依山的聲音一出，陳詠菫不用回頭就可以認得出。而王依山也沒打算等任何人回答，便擅自坐在李素身邊，眼睛直瞪著陳詠菫。

李素第一次如此靠近王依山，明知道王依山不在意自己，心情卻依舊把持不住。

「我們上次的對話還沒結束，對嗎？」王依山視身旁的李素如無物，眼睛沒離開過陳詠菫。

「我不記得跟你有過什麼對話，難不成是英語會話課？」陳詠菫顧慮著李素，刻意顧左右而言他。

「妳別裝傻，我只是想知道答案而已……你！」最後一個你字，王依山是看著陳詠菫身後的男人脫口而出的。不知道為什麼，陳詠菫似乎聞到一種氣息，身後這個男人，才是佔據她心裡面的那個人。

這名男大生一屁股坐在了陳詠菫身邊，陳詠菫微微側頭看過去，果然是當天在東區騎重機與她對過眼的那個頹廢男子。

「不會叫學長喔？」頹廢男一開口，陳詠菫才發現他與王依山竟然是認識的朋友。

「你休學完回來讀書，現在我們同年級，不用叫學長啦！對了，跟你們說，這傢伙叫做劉文元，是學校裡面的危險人物，妳們千萬要遠離他！」

「你這是哪門子介紹詞！」劉文元一邊說話，一邊拿出手機，又開始叫出那個交友App，陳詠菫則是在一旁偷偷地將那款App的英文名稱默記。在那同時，她的眼光還是無法從劉文元下巴輪廓的線條轉移。

在那一刻，彷彿將這四人的命運定了調。一串在校園內自然產生的愛情食物鏈。

那一晚，李素沒有邀約陳詠董去她住的宿舍，陳詠董也像是忘了這個好朋友的存在，自己跑到韓國化妝品牌店裡，用母親給的副卡刷了一堆化妝品，直接奔回自己家中，進了房間，上了鎖。在鏡子前面，陳詠董一邊看著筆電，照著YouTuber的化妝教學，一步步地，在自己的臉上塗上顏色，增添風韻。而那則視頻的名稱是：如何化一個在交友平台上一眼就被愛上的妝容！

房間內的陳詠董反覆看著鏡中的自己，確定完妝後，自拍了數張照片，下載了白天在校園裡，劉文元所使用的App，接著上傳了自己的照片，然後她開始滑起螢幕裡的男人照片，一張，一張，對於顏值她根本不考慮，因爲她只是在尋找那張她印象最深的臉。對陳詠董來說，劉文元就像是一見鍾情的對象，一種愛情啓蒙者的地位。

最後她終於看見了劉文元的照片，送出愛心，她知道，接下來就是要等待劉文元上線，並且期待，他會對全妝的自己感興趣。在交友App的暱稱上，劉文元用的自然不是本名，而是英文名，Wayne。

這時，在東區巷弄內的某間套房裡，一名女子穿上了她的上衣，離開了某個躺在床上的男子房間，男人的頭髮顯得雜亂，他起身抽了幾張衛生紙，擦拭了一下自己的下體，穿起內褲，卻似乎意猶未盡。這名男子正是劉文元，套房裡的頹廢風跟他本人幾乎融爲一體，毫無違和。劉文元全身赤裸，拿起手機，叫出那個常用的App，開始滑起照片。

「第一張，第二張，第三，四，五，六，七……嗯?!」劉文元一邊滑著照片「覓食」，一邊自言自語的數著第幾個女生是他看上眼的對象，對他來說，這是一種運氣的測試，越快找到他喜歡的臉蛋，他覺得這天晚上的運氣越好。於是他送出愛心，女生照片的上方暱稱寫著英文名：Jean。

劉文元怎樣都想不到，他送出的這個愛心，會造成未來多大的蝴蝶效應。

約莫過了一個小時左右，劉文元的套房大門響起了敲門聲，劉文元打著赤膊，開了門，站在他眼前的，卻是他意想不到的女生，陳詠堇。

「妳是，Jean？」劉文元有點懷疑。

「是呀，怎麼，失望嗎？」

「我記得妳是誰，王依山的學妹不是嗎？」

「你是要找我來攀關係，還是要找我來談戀愛的？」陳詠堇講話一向逼人。但此時劉文元反而猶豫了起來，低頭開始沉思的他，冷不防被陳詠堇的嘴脣給貼上自己的嘴，這一吻開啓了劉文元的本性，年輕氣盛的兩人一路躺向床上，展開激烈的性愛。

事後，兩人躺在床上，陳詠堇倚在劉文元的懷裡。

「你只是想玩玩吧？」

「並不是，我很想找個人定下來……」

「你懂什麼叫做定下來嗎？」

「當然。我在學攝影，雖然現在晚上在夜店打碟，但我想當個眞正的攝影師，以後我會靠這個生活，妳可以相信我，妳可以跟著我，一起過……」

「我不信，你會想結婚，想生小孩？」

「我想生女兒，名字都想好了，就叫，小柔……」劉文元彷彿陷入自己的想像中，那模樣看起來像個大孩子，莫名地讓陳詠堇更加心動。

「聽起來不錯……」陳詠堇瘋狂愛上眼前這個說謊不打草稿的男人，即便知道他用同樣的方式找了無數的女人上過床，她卻相信自己的特別，相信自己會得到這個男人一輩子的愛。

通識課上，李素一個人坐在教室裡，看著她身旁空著的位子，她開始搞不清楚這個好朋友，最近都上哪裡去了。

李素依舊坐在球場邊看王依山打球，然而手機視窗卻是敲打訊息給陳詠堇。

「妳都沒回家對嗎？」李素問。

「怎麼了？」

「妳媽問我呀，我只能說妳在我這裡過夜，但怎麼可能兩個禮拜都在我這裡過夜？妳到底都在幹嘛了？」

「妳不懂，我在，談，戀，愛！」陳詠堇輸入的每個字，都刺得李素心痛，她看著球場上的王依山，心裡納悶著是否陳詠堇都跟王依山混在一起了！很諷刺地，李素在這時候看見球場旁的草叢中，綻放著幾朵藍紫色花冠型葉片的桔梗，她在Google花語時曾經看過桔梗的意義，正代表著「絕望的愛」。

劉文元的套房裡，陳詠堇享受著激烈的性愛，淋浴過後，出了浴室的陳詠堇看了一下手機，有點不以爲然。

「明天我得去學校一趟了。」

「怎麼？」

「要期末考，我不去圖書館借個書K一下不行，會被當！」

「讀書沒用啦，不過妳想去就去吧！」劉文元話沒說完，身體又貼過去，剛淋浴結束的陳詠堇整頭濕髮在劉文元的身上黏膩著，劉文元絲毫不以爲意地瘋狂親吻著陳詠堇的身體。

這個房間裡面的空氣成分中，似乎只有著慾望的賀爾蒙，再無其他元素。

學校裡的圖書館內，王依山坐在落地窗邊看著書，忽然一個熟悉身影經過，惹了王依山注意，他起身跟在女大生的身後，看著女大生走在圖書館裡面的藏書中找書，女大生依照編號找到了位置，卻是在離她高了兩個頭左右的高度，女大生掂腳卻搆不到，王依山好整以暇地上前幫她取了書，他知道，這個背影屬於陳詠堇。然而陳詠堇一轉身，她的妝容卻把王依山給嚇到。

「妳現在，都化這麼濃的妝？」

「不干你事吧！」

王依山面對陳詠堇的態度有點措手不及，只好將手中的書交給她。陳詠堇一把拿走書，就轉頭打算離開。

「好歹說聲謝謝吧！」

陳詠堇的神經不知道怎麼搞的，被這句話給激怒了。原本背對著王依山的她，站在原地數秒後，倏然轉身。

「我謝謝你幫我拿書，但如果你可以不要繼續追求我，跟在我後面，我會更加謝謝你，總之，我不喜歡你，我拒絕跟你交往，好嗎？謝謝你！」陳詠堇提高分貝吼出的這幾句話，惹得圖書館內的所有人都側目看向兩人。一向被當作風雲人物的王依山在這個時候顯得狼狽不堪，恨不得立即從原地消失。但陳詠堇卻早他一步離開了圖書館，留下被眾人目光注視的籃球隊副隊長。

但這一切，卻被圖書館內的某名學生用手機在一旁全程側錄了下來。影片在校園內開始流傳，不管是濃妝豔抹的陳詠堇，或是校園風雲兒王依山都因此一舉成為熱搜人物。

當然，李素也在校園餐廳裡看到了視頻。於是李素約了陳詠堇，希望可以當面跟她對話。依舊是在那球場邊，李素早已經坐在那等了近半小時，才看到陳詠堇的身影。

「妳對學長說的話太過分了，現在全校都傳遍了，妳要他怎麼做人？」

「我已經交男朋友了，妳覺得我不應該拒絕他？」

「妳跟誰在一起？」

「劉文元。」

「那個痞子？他有哪裡好？」李素先是一呆，下一秒才意識過來自己原本的誤會。

「他的好妳一輩子都不會瞭啦，總之他比王依山好太多了。」

「我覺得妳根本被那個壞男人影響了，成天蹺課、蹺家，打扮得什麼樣子，妳不是跟我說好，要好好享受大學生活，現在在幹嘛呀？」

「我沒有被任何人影響，這就是我原本的樣子，王依山他才不是個好傢伙，明知道妳喜歡他，他卻跑來追我，這種人，妳還愛？」

「劉文元才是隨便找人上床的渣男，妳醒醒好嗎？妳如果不離開他，我會去跟妳媽說，妳現在的鬼樣子！」

「素，妳不要因爲我傷害了王依山，妳就想來破壞我的感情，劉文元是我的男人，妳得不到王依山，不要把情緒發洩在我身上！」陳詠菫越說越激動，索性轉身離開。

李素站在原地，氣息亂了，肩膀上下抖動著。

「我會讓妳知道的，妳完全想錯了，我會讓妳知道……」李素大聲吼著，但陳詠董越走越快，完全沒有打算理會她的意思。

當陳詠董離開李素的視線之後，她迅速地閃進了活動大樓裡的公共廁所，進了女廁上了鎖，接著就是止不住的乾嘔，陳詠董看著鏡子裡的自己，她知道這狀況已經持續好幾天了，她知道，這代表什麼意思。

明明一臉蒼白無血色的陳詠董，在這虛弱的當下，卻看著鏡子笑了起來，她雪白的臉上掛著鮮紅嘴唇的笑容，越笑越開，越笑，越開……

第⑤話　Wayne

市中心的某身心診所，高級的套房內流瀉著莫札特的土耳其進行曲，心理諮商師Sandra正坐在椅子上，眼前的辦公桌面有著昂貴的皮革裝飾，上面放置著拆信刀以及高級鋼筆等文具。

Jean 則是雙手不停來回搓揉著躺在躺椅上。

「妳不會眞的以爲 Zoe 有可能和 Wayne 怎麼樣吧？」

「我不擔心她，但我有很多其他需要擔心的事，需要擔心的人！」但事實上，Jean 想到的是 Zoe 是目前 Wayne 的攝影工作當中，占收入最高比重的來源，Jean 就算不喜歡 Zoe 這個人，也不能要 Wayne 放棄工作。

「像是什麼？」

「一些過去的跡象以及一些以後的想像？像是十年前，他曾經藉著攝影名義，和一群小模拍攝很露骨的照片，我相信，其中有某個人和他發生過關係，我甚至懷疑就算是現在都……算了，現在這種狀態下我說不出來……」

Sandra 單手扶著下頷，像是在思考著什麼。

「妳的心理創傷可能不只是十年前的事情，我認爲，我們應該嘗試催眠……」

「那可以有什麼作用？」

「把妳的回憶追溯到更源頭，找出妳受傷的原因，有可能，追溯到妳上輩子，妳願意嘗試嗎？」

「上輩子，也就是上一世？像是清朝之類嗎？」

「不一定，現代有平行宇宙間，靈魂轉世不受時間限制的理論，很複雜，總之，不要去管那所謂的年代……」

「好……我也想知道，我和Wayne所有相關的一切……」於是，Jean在Sandra的帶領之下，先是閉上了眼睛，接著接受她的引導，Jean的思維，在瞬間像是進入了某個大學女生，享受著激烈的性愛，接著在下一秒鐘，她又像是化身成了患有癌症的老婦，窮盡了一生卻開始懷疑起老伴可能的不貞。

這兩段經歷眞實到讓Jean在被催眠當下分不清何者是眞實、何者是不同的時空宇宙，總是要等到Sandra的指令發出後，Jean才能回到現實。

某次進入老婦身體內的Jean，一邊著手調查起先生外遇的對象，另外一方面還是得要照顧罹患重症的老先生，像是要清洗因爲失智而失禁的內褲，沾滿了廁所馬桶以及地板上的屎尿，蹲下身擦拭的同時，Jean忽然反胃地想要嘔吐了，一回神，Jean才發現自己並不是在老婦的時空裡，而是在Wayne的父親病房廁所內。Jean發現自己身上那件Chanel外衣沾到了暗黃色的糞便，在那瞬間，她忽然覺得自己這麼多年在職場上的成績，比不上一坨屎，胃酸逆流至嘴邊，又被自己硬生生給吞回去。在心裡面Jean必須說服自己，這一切是值得的，爲了完成跟Wayne年輕時許下，未來想要一起度過的理想日子，這些都稱不上犧牲，只不過是付出罷了。

在結束了照料Wayne父親的工作之後，Jean回到Wayne的頂加鐵皮屋，空無一人的空間裡，有著許多Jean跟Wayne從前的回憶，Jean也相信，有更多的祕密，在這個空間裡面發生過，她就算不用刻意去探尋，也能略知一二。

倚在鑲滿燈泡的化妝鏡前面，Jean看著黑眼圈兩頰消瘦的自己，依舊不確定，自己這麼堅持的愛著一個人，故事的結尾會是什麼。她看著Wayne沒有關機的電腦，無意識地滑著游標，點開之前Wayne的作品集，有好幾個資料夾是拍攝Jean的，那時的

Wayne技術並不純熟，有些照片甚至沒有對上焦，然而Jean卻可以從照片裡面看到笑得開懷的自己，回溯起當時兩人在一起的快樂。有些資料夾則是Jean的好朋友Sue的照片。一起長大卻渴望成爲模特兒的Sue，總是自告奮勇地充當Wayne的模特兒，一直到今時今日，當Wayne接到沒有指定模特兒的案子時，都會要Sue來演繹。

在看過幾個不同的資料夾之後，Jean忽然發現了異狀，她將不同的資料夾裡面的某幾張照片拖曳到桌面，從十年前一直到最近的照片都有，Jean發現有一名模特兒的背後，刺著一朵鮮豔的桔梗，不同角度，不同時間，但無獨有偶的，卻是這名模特兒的正臉一直都沒有被Wayne的攝影機給擷取下影像。不知怎的，Jean有種第六感，這個女人，就是十年前Jean曾經懷疑過，在鐵皮屋內，Wayne的垃圾桶裡曾經出現過的保險套所使用的對象，Jean的直覺告訴自己，這女人沒有離開過，既使是當年Jean當面抓包Wayne爲何使用了保險套而Jean卻不自知之後，Wayne依舊跟這個女人保持聯絡，不，甚至有可能是保持關係，至今……Jean滑著電腦的手指又開始不自覺地顫抖起來，這是她內心最大的焦慮。她可以爲了Wayne做出任何犧牲，包括她的事業，她的名牌包，包括照顧他的老父親，但唯一不能妥協的，就是Wayne的忠誠。

手機響了，提醒Jean在半小時後與老同學Sue的飯約。

三十分鐘後，Jean與Sue坐在了市區的咖啡店內，Sue一頭俐落中長髮，妝容充滿時尚感，與一臉憔悴的Jean形成強烈對比。

「什麼？妳要放棄去上海的機會？」

「嗯，我不覺得遠距離戀愛可以維持得了多久……」

「Jean姐，妳熬了那麼多年，就是要那個位置，妳現在捨得？爲了一個不見得會有結果的男人？」

「他求婚了！」

「蛤？」

「Wayne求婚了！」

「他說了妳就信呀，有準備好婚禮了嗎？他有買房子了嗎？」

「我不需要那些，妳知道的……重點是，他帶我去見了他爸，我們交往這麼多年來，這是第一次，他帶我去見他爸！」

Sue 的表情在那瞬間，肌肉的協調感有點失調。不知道是因爲不相信 Wayne 的眞心，還是替 Jean 的工作落空而感到語塞。又或者，有其他原因……

「他爸怎麼說？」喝了一大口蘇打飲料後，Sue 終於又開口。

「他爸……很喜歡我……很贊成，我們結婚……」Jean 說話的同時刻意低頭看了手機，很明顯不想讓 Sue 察覺，她這句話背後有多麼心虛。

這時候一名服務生端著托盤，一個踉蹌竟然往前撲倒，托盤上的水杯直接灑在了 Sue 的白衣服後背，浸透的布料，隱約透出了 Sue 後背的刺青。

Jean 的眼睛亮了，她無法完全分辨，那究竟是什麼樣的圖案，但是隱約之間，卻很像是那朵桔梗。

那個不知名的模特兒，身上的藍紫色桔梗。

Sue 一邊咒罵著服務生，Jean 卻陷入了自己的思維迴圈。她開始懷疑自己草木皆兵，畢竟Sue是她最要好的朋友，斷不可能是她跟Wayne發生關係。然而Sue聽到Jean放棄去上海的機會時，她的反應卻又那麼令人起疑，究竟真的是因爲不相信Wayne求婚的眞心，還是Sue巴不得Jean趕緊離開這城市……

夜晚，Jean來到某高級餐廳，老闆Kevin正在慶祝他五歲兒子的生日，公司裡的許多同事，也都到場慶祝。

「Jean，太好了，看到妳眞的太令人開心了，有沒有懷念職場呀，隨時要回來工作的話，我絕對歡迎唷！」

「不了，我現在很滿意自己的生活，我過得很愜意……」

「說眞的，我還是很希望上海那個位置，是交給妳過去的，現在我……」Kevin話說到一半，立刻噤聲了，從大門口走進來的，是後方帶著好幾個部下的Zoe，才一段時間不見，Jean覺得Zoe的氣場，變得更強了。

跟在Zoe身後的，除了Zoe原本部門的人之外，之前在Jean手下做事的Mike跟小李，這時候看起來也已經被Zoe給收編！

「怎麼？才離職沒多久，就變得這麼憔悴？這不是我認識的Jean呢！」

「我向來不以外裝取勝，妳要在上海立足，這些行頭當然少不了！」

「妳就不要口是心非了，妳應該是自己知道去不了上海才離職的吧，我多希望妳可以留下來看到我們業績公布的那一天，讓我光明正大的贏過妳！」

「Zoe，妳知道上個月我的業績，在我離職前是多少嗎？」Jean將嘴巴靠到Zoe耳朵邊，輕聲講了個數字，Zoe的臉色大變。

「有些事情，只要自己心裡知道就好，不需要說出來，妳說對嗎？」Jean就算在感情上受到挫折，在這種工作上的勝負場，她可從來不肯認輸的。

此時的Zoe顯得有些不甘願，試圖想要找些話題來打擊Jean。

「不管業績如何，總之，接下來由我負責上海業務，在去上海之前，我會跟Wayne好好合作，也算是謝謝妳禮讓了我這個職位，我們打算拍一系列的半裸女模特兒，替廠商造勢，妳覺得呢？」Zoe講話時揚眉的神情，令Jean感覺不是滋味，畢竟Wayne

就是她的死穴，Zoe 非常清楚。

「這事情我替 Wayne 感謝妳，一直賞識他的才華，提供他工作……」Jean 話說到一半，Zoe 忽然一個轉身，這簡單的動作，卻讓 Jean 給看傻了。

原來 Zoe 今天穿著一襲黑色鏤空的禮服，背後有一大片是絲質布料，完全看得到她背部的雪白肌膚。

讓 Jean 會啞口無言的自然不是 Zoe 的服裝品味，更不是她每天去角質保養出的好皮膚，而是背部那似曾相識、若隱若現的藍紫色桔梗刺青。

「Wayne 是我看過最有才華的攝影師，我會跟他一直合作，但是這一切，跟妳與他的感情，一點關係都沒有，畢竟，你們也只不過是男女朋友而已，搞不好過幾年，我跟他也可能變成男女朋友呢……」Zoe 邊說邊笑，她雖然不知道 Jean 的神情因何開始扭曲，但她知道自己在言語上佔了上風，這時不趁勝追擊，更待何時。張牙舞爪的她，更是得意地頻頻轉身，看在 Jean 的眼裡，那背部的桔梗，就像是種惡魔的圖騰一般，一次又一次地打擊著她內心對 Wayne 的信任。

難不成，那張照片裡面的女人是Zoe，如果眞的是她，Jean料想自己可能會直接暈死過去。

「我要找媽媽，我要找媽媽啦……」Kevin的小孩在此時莫名地放聲大哭了起來，刺耳的叫聲搞得Jean眼前浮現起Wayne父親的病房裡，那一坨又一坨的屎尿與臭味，Jean不由自主地閉起眼睛，因爲她知道自己感到極度焦慮，雙手的顫抖，早就已經掩飾不住。

當Zoe的嘴臉與背上刺青加上小孩哭鬧聲以及Wayne父親病房內的情景構成的地獄體感讓Jean快要不支倒地時，碩大的投影幕上，出現了一名女人的容貌。

「寶貝，不哭不哭，媽媽在這裡！」在投影幕上講話的人是Kevin的前妻，之前也是在公司裡面上班的Miranda。

「媽媽，媽媽，我要媽媽，媽媽妳回來陪我好不好……」

「寶貝乖，媽媽在北京工作呀，過年媽媽一定回去陪你，好不好，今天是你生日，大家都來幫你過生日呀，你要乖乖的，好嗎?媽媽很快，很快就回去！」

Miranda 邊哄著小孩，自己的眼眶也紅了，小朋友控制不住自己想念母親的心情，不停地往螢幕方向走去，以爲這樣就可以擁抱媽媽，一直快碰到布幕時，Kevin 才一把抱住自己的兒子，一邊安撫，一邊對螢幕裡的前妻說著話。

「寶貝乖，媽媽都說了，過年就回來了，北京飛回來只要幾個小時唷，也就是說，寶貝跟媽媽離得一點都不遠，一點都不遠的……」

現場的氣氛瞬間變得很詭異，既談不上溫馨，也沒有什麼慶生的氣氛，然而原本快要撐不住的 Jean，卻在這個時候，因爲 Kevin 語帶諷刺對前妻說的幾句話，讓自己的心中得到釋懷。

「我的選擇是對的。遠距離，根本沒有人有把握撐得住感情……」話雖如此，Jean 的眼光依舊沒有離開過 Zoe 的背，甚至好幾度有衝動想要把那件衣服給扯下來，想要好好瞧瞧 Zoe 的刺青，到底跟自己看到的圖樣是不是同一個?!

第⑥話　劉爺爺

當劉奶奶站在綠色大門前時，其實還是挺猶豫的。雖然說，她一路從早已經倒閉的「醉月」老闆林桑的遺孀手上，得知照片裡的小姐當年花名叫素素，但是要從花名去找到這個酒家小姐的實際地址，還是走訪了不少相關人士，才輾轉找到了這個地址，現在終於來到門前，劉奶奶卻又猶豫了。

該怎麼開口好呢？「請問，妳是不是每個月都有收到一筆匯款呢？來自我先生的帳戶……」難道要這樣請教人家?!

也不知道呆站在門前多久了，直到後面一輛腳踏車經過時按的鈴聲，才讓劉奶奶無意識地按下了門鈴。

幾秒鐘過後，讓劉奶奶更尷尬的情況發生。來應門的人不是個女性，而是個男人。如果這男人是素素的老公，那麼，要在人家的先生面前，問這筆錢的來龍去脈，豈不就更難啓齒了?!問清楚了劉奶奶的來意後，這名約莫也七十歲的老人讓劉奶奶進了門，站在客廳裡面迎接劉奶奶的，則是一位風韻猶存的婦人。不知怎麼形容，劉奶奶一眼就分辨得出，這名婦人就是照片裡面的素素。

「請問，您是素素小姐嗎？」劉奶奶問。

「呵，這名字，好久沒有人叫過我了呢？那應該是從……那家店叫什麼來著？」

「『醉月』對嗎？」

「對，對『醉月』……」

劉奶奶話至此，倏地語塞。照理說，她這名不速之客，應該是要在這時候說明來意的，然而劉奶奶看著一旁站著的男人，卻顯得有些顧忌。

「呃，這位是我先生，啊，老公，你先出去買些晚上要吃的菜吧，順便買包鹽回來……」素素貼心的支開自己先生，而那位寡言的老人家，也言聽計從地就這樣出了家門。

於是屋子裡，就剩下兩名老婦人。

「那個，您是劉……啊不，剛才說，您怎麼稱呼？不好意思，年紀大了，記性不好……」素素雖然裝著沒記起先前劉奶奶的自我介紹，然而劉奶奶根本沒說過自己的夫姓，素素小姐這話，惹得劉奶奶疑心更重了。

「我姓劉……素素小姐，這次來，是想跟您請教一件事情，大家都是女人，也都這麼大歲數了，我希望，您可以很誠心地回答我！」

「這樣呀，您請說，我如果知道的事情，我一定照實回答。」

「想請問，您在『醉月』上班的時候，有沒有跟一位姓劉的先生走得很近呢？當年他常跟另外一位王先生到『醉月』去玩，不知道，妳有沒有印象？」

「姓劉的……當時客人多，時間又久，我還眞的想不起來呀……不好意思，還是，您有照片什麼的？」

劉奶奶這時候緩慢地從自己的包包中拿出了劉爺爺的照片，遞到素素面前，素素看了一眼，皺了眉頭，晃著自己的腦袋。

「沒印象呢……眞對不起，幫不了妳忙……」素素說這話的時候，眼睛直盯著劉奶奶看。劉奶奶的心中只覺得，這女人這麼直率地看著自己，就像是在宣告她沒有隱瞞任何事情，但這麼刻意的坦蕩，反而讓劉奶奶心裡更起疑竇。

兩人對視的幾秒裡，空間中只剩下了沉靜。

忽然，廚房傳來水壺燒開水的呼嘯聲，素素站起身來，這場僵持才又有了變動。劉奶奶認為自己已經踏到禮貌的邊線，藉著素素的起身，也準備離開。

「這樣呀，眞不好意思，素素小姐，打擾妳了，那我，就先回去了……」

「這樣就要走了，要不喝杯茶，我泡杯茶給妳喝？」素素邊說邊往廚房移動，這時候劉奶奶才注意到素素的腿，行動有點不方便，走起路來一拐一拐的。

「妳的腳？」

「喔，就是在『醉月』的時候，有幾個流氓進來鬧事，亂開槍，流彈剛好射中我的腳，治不好，就成這樣了……」

劉奶奶像是想到什麼，原本想要就此離去的心意，又頓時轉變。

「不好意思，素素小姐，我是剛才那照片裡，劉先生的太太，他這幾年患了痴呆症，我自己也在治療癌症，我對感情的事情，看得很淡了，只是想要替我先生完成他失智前的事情，我知道他一直都有匯款給某個人，我想，一定是他對這個人有什麼虧欠，才會持續做了這麼多年，很不好意思跟妳提這樣的請求，我想請問，五年前左右的存摺，妳還有留著嗎？方便讓我看看，是不是有我先生匯款給妳的紀錄呢？」

素素站在廚房內，一手拿起茶壺，雙眼無神地看著劉奶奶。

「妳是懷疑，妳先生一直匯錢給我？是說，他在養我的意思？我是小三的意思？」

素素的話裡面帶著情緒，劉奶奶自覺講話可能失禮了，連忙解釋。

「不不不，我是想說，或許當年我先生做了什麼不對的事情，讓他覺得自己應該要做些什麼補償，因此才會有定期匯款的這種行爲，我沒有提到小三這種字眼……」

素素的氣息，明顯地有點紊亂，劉奶奶能感受到，素素認爲自己的人品受到污衊，就在劉奶奶打算道個歉準備離開時，素素卻也採取了捍衛自己清白的行動。

「妳等等，存摺我有，妳等等，妳等等……」

素素急忙放下了滾燙的茶壺，即使不良於行，也可以看得出她急著想要走進房內，拿出證明她自己清白的證據！

沒多久，素素從自己房間走了出來，手上拿著好幾本被剪掉的舊存摺。

「妳看，妳看，這些都是五年以前的存摺了，我先生老是說我愛囤積舊東西，我就說呀，老東西留著，還是有用的，妳自己看看吧，看有沒有妳先生匯款進來的紀錄？」

劉奶奶明確記得劉爺爺的存摺裡，固定匯款的日期是每個月的二十號，因此她很迅速地就翻開素素提供的存摺，並且找到日期，翻了四五本存摺，幾乎在這個日期裡面，都沒有那樣的匯款紀錄。

劉奶奶低著頭，將存摺推還給了素素。

「不好意思，我眞的，沒有那個想法，我只是想完成我先生之前在做的事情而已，今天眞的打擾妳了，眞的，非常抱歉……」

劉奶奶對素素深深的鞠了個躬，退出素素的家門口，往自己家裡去。

一路上劉奶奶充滿疑惑，明明素素就還記得劉爺爺的事情，但又爲什麼要有所保留呢？如果素素不是劉爺爺在外面養的小三，那存摺上的匯款紀錄，又到底是匯到誰的戶頭裡？

劉奶奶一回到自己家門，拿出鑰匙正打算開門時，卻發現門沒鎖。原本質疑自己是否忘了鎖門，自忖自己的記憶也像劉爺爺一樣遺失時，一進門聽見女兒的聲音，才小小地鬆了口氣。原來是自己的女兒回到了家中。

劉奶奶輕聲走到劉爺爺房門口，從門縫中看見女兒抱著劉爺爺在講話，女兒講得激動，連眼淚都流了出來，而劉爺爺卻依舊一臉無神，像是無從理解，女兒已經回到家裡關心自己的病情，甚至還難過到眞情流露。

聽不清楚女兒在對劉爺爺說些什麼話，但劉奶奶也總算是寬心。一直以爲女兒長大後就對自己父親漠不關心，沒想到這一趟女兒專程回來，才讓劉奶奶知道，女兒其實還是很孝順的。

不想打擾女兒跟劉爺爺的相處，劉奶奶又悄悄地帶上門，出了自家，就往王奶奶的房子走去。畢竟，王奶奶也稱得上劉爺爺以外，劉奶奶最親的人了。

在王奶奶家的客廳裡，王奶奶又開了一包新茶葉，劉奶奶雖然對茶沒研究，但她知道那包茶光看包裝，就要價不斐了。

「她不承認，而且還拿了存摺給我看，但是打死我都不相信，她不記得老劉……可是，存摺裡面，還眞的沒有匯款的紀錄……」劉奶奶講得有點感慨，這事情在她心裡是個結，她一點都不想抱著這個謎團進棺材裡。

「算了吧，我們都一把年紀了，還有必要這麼在乎這些事情嗎？妳就好好地照顧好老劉就好了呀，妳自己做化療身體也虛弱，就別再想這些有的沒的了！」

「最好是，當年老王跟巷口那個雜貨店的小妹眉來眼去的，妳都氣到想要去砸人家店了，妳還好意思說我！」

「哈哈哈，這事妳還記得呀，好啦好啦！追，繼續追！」

王奶奶提起往事笑得開懷，劉奶奶也被逗得開心了，忽然話鋒一轉，劉奶奶又感慨了起來。

「妳說的也對啦……其實一家人都好，比什麼都重要……剛才，我看見小柔偷偷跑回家，在房間裡抱著老劉哭呢，可以看見他們父女倆又重歸舊好，我才覺得，這比什麼都重要呀……」

上一秒鐘還笑得花枝亂顫的王奶奶，在聽到劉奶奶的這番話後，表情忽然又沉了下來。

「怎麼了？臉色這麼難看，身體不舒服？」劉奶奶問道。

「不是，妳這麼一講，讓我想起來一些事了……」

「什麼事？」

「妳不是說，小柔長大，二十幾歲之後，就跟老劉感情不好，甚至搬出去住了嗎？」

「是呀！」

「我當初一直覺得我聽到的事情不是很確定，但我現在想起來，可能跟匯款這件事情有關係……」

「怎麼說？」

「就是……小柔搬出去之前，我曾經在後面巷子裡，聽見老劉跟小柔的對話，我沒聽清楚老劉說什麼，但是小柔像是說：『明明我和媽媽是同時認識你的，我爲什麼一定要把你當成爸爸，不能把你當成男人?!』之類的話……」

劉奶奶年紀雖大，可不是個笨蛋，她一聽王奶奶的話就知道她想表達的意思。

「妳是說……」劉奶奶邊講邊搖頭，「我不相信……」。

「妳當年嫁給老劉的時候，妳三十五歲，老劉三十八歲，可是小柔已經十三歲了……妳想想看，小柔大學畢業那時，老劉也才四十幾歲，妳不覺得，這事情有可能發生嗎……?」

劉奶奶聽著王奶奶的這番話後，眼前感到一陣暈眩。她開始拼湊起過去生活中的種種畫面：青春期的小柔跟老劉感情的確甜膩，小時候的小柔甚至還會吃劉奶奶的醋。而畢業後的小柔，反而表現出一種不想住在家裡，也不再與老劉親近的態度，甚至刻意搬出家住，更重要的一點是，小柔現在都四十好幾了，還是小姑獨處，從來不曾見她交過男朋友……再回想起先前在家裡撞見老劉與小柔相處的樣子，活像是見到老情人受罪般的難受……如果眞是如此，那也就是說，劉爺爺這麼多年來匯款的對象，竟然是自己的女兒，也就是說，自己的女兒就是自己婚姻中的小三……?!

劉奶奶的手抖動著，像是極度焦慮產生的症狀，像是不同時空裡面的某個人，也會呈現的反應……

綠色大門裡，素素跟先生吃完了晚餐，體貼的先生正在洗手槽前面賣力地洗著碗，素素則是自己一個人走進小房間裡面，拉開了某個原本被上鎖的抽屜。

抽屜裡面擺放著好幾本存摺，上面寫著素素的本名，但是銀行名稱卻跟白天時拿給劉奶奶看的銀行名稱明顯是不同的機構。

素素輕輕撫摸著那些存摺，像是在看護著自己的寶貝，自言自語地說起話。

「原來是患了老人痴呆呀，這幾年我都誤會你了，還以爲你不要我了呢……」素素帶著點恍然大悟地微笑著，眼角也像是帶著點淚。

第⑦話　柔與素

劉奶奶滿腹心事走在回自己家的路上，一邊思考著，要如何面對小柔。假如說，老劉眞的一直以來都是匯款給小柔的話，其實就以身爲一個父親的角色來說，這也不是什麼大不了的事情。但問題出在王奶奶說的話。如果小柔眞的對老劉存在著異性之間的情誼，身爲母親的她，又應該如何面對自己的女兒呢？

轉瞬間劉奶奶已經走至家門口，她並沒有逗留在門前，反而像是下定決心一般，就往女兒房間裡走去。小柔被忽然打開自己房門的劉奶奶給嚇到，雖然反應不到做了虧心事那樣心虛，但顯然她原本並不打算讓母親知道自己回家看老劉。

「爲什麼回來不說一聲？」劉奶奶先打破沉默。

「我回自己家也需要跟妳交代嗎？」

「妳從什麼時候跟我講話變成這種口氣了呢？幾年了呢？差不多是妳大學畢業之後對吧？」

「什麼口氣?我不懂……」小柔刻意收拾自己的行李，不想與母親的眼神對視。

「把我當作敵人的口氣……」

「我沒必要把妳當作敵人……」

「那妳有把我先生當作妳父親看待嗎?」劉奶奶話一出，小柔立刻低頭不語。劉奶奶一看小柔的反應，心裡已經很清楚自己提出這個問題的答案為何。她腦子裡開始閃過自己在當下應該扮演的各種角色，是要用媽媽的口吻告訴小柔，妳愛上的是有婦之夫，還是要用劉爺爺的老婆角色，來訓誡小柔這個小三不應該介入人家婚姻，又或者應該要扮演自己一向自以為是女兒的閨蜜角色，說自己完全支持女兒去愛任何人……

劉奶奶幾次想要開口講話，卻因找不到詞彙來表達自己內心感受顯得動作僵直。

「妳既然知道了，那我也想說說我自己的心情……」沒料到小柔這時先開口了。

「什麼心情?」

「我跟著妳嫁給爸爸，看著他對妳的溫柔，對妳的好。看著他的幽默跟穩重，看著他的負責任……在我成長的過程裡面，我沒有遇過這麼好的男人，所以，我只是想說，妳不能怪我愛上他，妳眞的不能怪我愛上他……」小柔一邊說著，一邊哽咽了起來。

劉奶奶聽著自己女兒的自白，同時間也能體會同樣身爲女人愛上一個不應該愛的對象時，那種心酸。然而，這個人在身份上是她的父親，不管怎樣，她都應該要想辦法避免的呀！

「不管怎樣，妳都不應該讓這種事情發生……」劉奶奶冷冷地說。

「所以，媽，我畢業之後，我已經想辦法搬走了，我不見到他就沒事了，我都已經做到這種程度，妳不應該還要怪我……妳知道這幾年我明知道他生病，卻不敢回家來看他，那種心情有多痛苦跟矛盾嗎？我就是怕被妳看穿我的心情呀，媽，我就是不想破壞我們的感情才不敢回來的呀……」小柔說到傷心處，已經忍不住嚎啕大哭，劉奶奶心裡不捨，這時緊緊地抱住自己的女兒，她相信自己女兒說的話，因此不管那筆錢到底是劉爺爺在什麼心態下匯的款，劉奶奶都不願意去追溯了，畢竟，全家人都還在，那就好了，這就夠了……

母女倆在房間內，緊緊抱著，劉奶奶不忘在小柔的耳邊輕聲地說了幾句話，就那麼幾句話……

和陳詠董鬧翻的李素，窩在自己租的宿舍裡，一步都不想出門。她滑著自己的平板電腦，任憑視頻平台推播所有的內容在她眼前閃爍。只不過，一向愛狗的她，卻在這時候注意到一支混混騎摩托車虐狗的畫面！那是兩名混混分別騎著兩輛摩托車，夾擊著一隻受傷的流浪米克斯。嘴裡一邊嘟囔著惡言的李素，在看了幾秒鐘視頻後一驚，定格將影片畫面放大再放大。然後，她認出了兩名混混，正是高中畢業後的那天晚上，她跟陳詠董在路旁遇到的不良少年，但是更令她無法接受的是，坐在其中一輛摩托車後座的女生，竟然是她的好朋友，陳詠董。

李素的臉上霎時間閃過多種情緒，腦子裡嗡嗡作響著。

在東區咖啡店的廁所裡，陳詠董拿著驗孕棒，確實出現了兩條槓。她的臉上帶著微笑，對她而言，平順的生活就是無趣，為了愛，做出任何瘋狂的犧牲甚至是賠上自己的人生，才是她想追求的。她那富有的爸媽不懂，她那群混混狐群狗黨也不懂，甚至就連她的閨蜜李素，她也認為她完全不懂。在陳詠堇的心中，李素追求的愛只是表面的愛，就連李素眼裡的友情，在陳詠堇看來，也是廉價而幼稚的一種成群結伴的概念罷了！

陳詠堇拿出手機，不停傳發訊息給劉文元，只不過對方連已讀都沒有。陳詠堇看了一下時間，搭了計程車，去了劉文元打碟的夜店。她知道這是劉文元上班的時間，然而在電音充斥的場子裡，都見不到劉文元的身影。

「劉文元呢？」陳詠堇大聲地對著頭戴耳機，手上忙著打碟的DJ講話，原本，這應該是劉文元的位置。

「請假，他剛才臨時敲我，要我幫他代班！」代班DJ也大聲地吼回去。

「為什麼？」

「好像是感冒啦！」

「蛤？」

「感！冒！」

對於這樣高分貝卻又無法溝通的狀態感到厭煩的陳詠堇，打定主意要找到劉文元，於是連忙出了夜店，驅車就到了東區劉文元那個套房。那個他們度過了無數纏綿夜的小空間。

陳詠堇在一樓抬頭看，可以看見四樓劉文元的房間窗口透著光，這代表劉文元在家裡休息。陳詠堇三步併兩步地從這舊公寓的樓梯往上爬，很快地她到了四樓，拿出劉文元配給她的鑰匙，推開了房門。

滿懷期待的陳詠堇完全沒想到，她在此時會見到此生最可怕的光景。

劉文元光著身體，正和另一名女生下體交纏著，來回抽動的，是陳詠堇熟悉的節奏，雖然在陳詠堇衝進來的那一刻，在劉文元下方的女生停止了嬌喘聲，劉文元也因此而亂了腰部的拍子，但劉文元顯然不想因爲陳詠堇的出現而停止他的行爲，在一次停頓後，劉文元又找回了節奏。

然而，原本被劉文元壓在床上的女生，卻因爲陳詠菫的出現移動了身體，讓劉文元脫離了自己的下體，女生更是一臉驚恐地看著陳詠菫，因爲陳詠菫此時的表情，幾乎像鬼一樣可怕，如魔一般駭人。

「素……妳在這裡，做……什麼……」陳詠菫用盡全力擠出的這幾句話，幾乎每一個字的聲音都帶裂痕，聽起來，是那麼刺耳而尖銳。

李素身體脫離劉文元之後，嚇得趕緊拿起床邊的衣服遮住自己全裸的身子，她喘息著，像是要給自己打氣，要給自己注入勇氣，才有能力說出她原本就計劃好，想要對陳詠菫說的話。

「我知道，妳跟王依山學長說過：『如果你不是個專情的人，那你就來傷害我，因爲只有你傷害我，我那閨蜜才會對你死心！』妳以爲，這世上只有妳才願意犧牲一切換來愛情，換來友情，我想讓妳知道，我，也是這樣，我也是這樣對妳的……現在妳知道，這男人，是什麼樣的人了吧……妳知道了吧……」李素一口氣說完自己老早準備好的說詞後，像是完成任務一般，全身接近虛脫。

反觀劉文元，在這時候只是淡淡地穿起自己的內褲，像是在看好戲一樣，觀看著姐妹兩人的交談。

陳詠堇聽完李素的話之後，眼睛紅了，側頭再看看一旁的劉文元，那副漠不關心、事不關己的嘴臉，她整個人從靈魂到生理，都幾近崩潰。陳詠堇的雙手開始發抖，以驚人的頻率抖動著，嘴唇也整個發白，臉上的肌肉幾乎無法被自己的意志所控制了。她倒退著，一步，兩步，三步……最終，她轉身，往房門口跑出。

「詠堇！」李素大驚，連忙穿起衣服，也跟著衝出房門。李素不假思索地往一樓跑，就希望可以追上陳詠堇，深怕她會做出什麼傻事。然而當李素跑到一樓時，四顧張望的她，卻找不到陳詠堇的身影，她無法判斷陳詠堇往哪個方向移動，李素只能站在原地，一下面向左側，一下面向右側，無法做出決定。

正當李素還在猶豫著要衝向哪個方向去尋找陳詠堇時，她忽然聽到一個鈍物重擊的聲音，從她身後傳出。李素的耳朵在那聲響之後，霎時再也聽不到任何聲音。她站在原地，眼睛睜得很大，不敢回頭，一直，不敢移動。

一直到，李素看見自己的腳邊，被紅色的液體給包圍，浸濕了她的白布鞋，她依舊不敢回頭，只能在原地跪下。這下，連她的膝蓋也紅了……

李素發現自己口袋裡的手機，有著一則訊息。她顫抖著手將訊息打開，那是三分鐘前，來自陳詠菫的一行文字。

「素，我發現我錯了，其實，我並沒有比較能夠承受傷痛……」李素看完訊息後，對著天空聲嘶力竭的哭著，但似乎發不出聲音，在東區的巷子裡，淒厲的狗叫聲甚至掩蓋過了李素的聲音。

王奶奶在客廳裡打盹，忽然門鈴聲響起，她起身去開了門，門的那側是她的多年好朋友劉奶奶。

「怎麼？還好嗎？」王奶奶招呼著劉奶奶，要劉奶奶坐沙發，劉奶奶只是陪笑，點頭。從門口一路走到沙發邊，用手指頭輕拂著沙發，像是在感受沙發的質地。

「這沙發，好東西……」

「老王選的，我不懂這些！」

「是嗎？老王選的嗎？我怎麼記得，老王還在的時候，你們家，是另外一套綠色沙發，還常起毛球呢！」

「妳記性這麼好，我可不記得了……」

「我記得，我還記得，以前老王，不懂喝茶的，那些什麼高級茶葉，老劉說要給，老王還推託呢……」

「好像有這麼回事……」隨著王奶奶的回答，劉奶奶已經坐在沙發上，看著五斗櫃上那一罐又一罐的高級茶葉。

「如果老劉現在沒有痴呆的話，他走到你們家門口時，問說『王先生呢？』妳會怎麼回答呢？會用暗號告訴老劉，老王今天是在家，還是不在家嗎？還是，其實『在裡面睡午覺呢』，這話本身，就是一種暗號呢？」

「…………」王奶奶的笑容，在這時候，收斂了。

「我一直覺得納悶的是，老劉不管再怎麼痴呆，不管我帶他散步去什麼地方，最終，他都得要經過妳家門口，問上一句『王先生呢』，跟老王，感情眞有這麼好……？」

「……想說什麼呢？」

「老王生前存多少錢，保險金留了多少給妳，我都知道的，妳呀，過不了這種生活的……」劉奶奶話一說完，站了起來，眼睛直瞪著王奶奶臉上。

「我說過，我不會帶著這謎題進棺材的，我不會這樣做……」

說完這話，劉奶奶又摸了一下那眞皮沙發，感覺像是有點留戀，然後，劉奶奶就走出了王奶奶家門口，留下王奶奶一個人獨自坐在沙發上，她的神情有點緊張，似乎擔憂著，劉爺爺跟劉奶奶之後的生活，會產生什麼樣的變化……

第⑧話　王依山

劉奶奶和王奶奶說完話後，一邊哼著歌，一邊走回家。她嘴中哼的是劉爺爺最常唱給她聽的小調，說是他老家的曲子，但其實劉奶奶從沒聽過歌詞內容是什麼，那感覺就好像，劉奶奶這輩子都給了這男人了，但從不知道這男人心裡想的是什麼。就連痴呆了，都還能隱瞞祕密呢，眞行……

進了屋裡，劉奶奶看了一下小柔的房內，行李已經不在，看來小柔回去了。劉奶奶心情大好地走進主臥，劉爺爺正坐在躺椅上，看著窗外。

「老婆，今天天氣眞好，好像我們年輕時候第一次見面那樣，雲朵少少的，天空藍藍的……」

「你還記得呀？」劉奶奶挨在劉爺爺身邊，一同望著窗外。

「記得呀，媒人先後給了我七張人像照片挑，我才終於挑到妳呀！」

「今天看來記性不錯呢！隔壁老王你記得嗎？」

「記得呀，剛搬來時跟他吵了一架，後來才知道這傢伙個性挺好的，會替朋友出頭呢……當年一起出去玩，都是他帶著我的……」劉爺爺回想往事，一臉滿足。

「那王太太呢？」

「王太太怎了？」

「記得嗎？」

「記得呀！我們不常常散步時還碰著她嗎？」

「我不在的時候，你也自己去找她呢，你記得嗎？」劉奶奶不動聲色地。

「……有嗎？這我，倒是沒什麼印象……」劉爺爺作勢像是在用力回想貌。

「你沒印象呀，可王太太都跟我說了呢……包括那每個月匯給她的錢……」劉奶奶依舊看著窗外的藍天，兩人此時如果合影，大抵稱得上是一幅代表著雋永愛情的圖騰。

劉爺爺這時候眼睛瞇了幾下，像是睏了。

「累了……我記不得妳說的事情了……想睡……」劉爺爺這時候閉起眼睛，也不知道是眞痴呆還是假寢，總之瞬間切換成阿茲海默症模式。

「等等，我拿枕頭給你！」劉奶奶一邊說話，一邊走到床邊拿起劉爺爺的枕頭，再走回劉爺爺的躺椅面前。

劉奶奶站在劉爺爺前方，看著閉起眼睛睡著的劉爺爺，劉奶奶的臉上，深沉的表情耐人尋味。劉奶奶緊抓著枕頭，天人交戰地抖動著自己的頭、手，連腳步，都不自然了起來。

在原地站了二十秒左右，原本僵直的身體，忽然迅速地將枕頭壓在劉爺爺的臉上，劉爺爺一開始還不覺得不舒服，幾秒鐘過後，劉爺爺開始掙扎起來，呼吸不到氧氣的痛苦讓他全身開始使勁，然而阿茲海默症已經將他的體力奪去，在此時，他無法從他罹患癌症的妻子手中掙脫，只能放任自己的腦部缺氧狀態，越來越嚴重，越來越無力。劉奶奶完全沒有打算鬆手，用盡了渾身氣力壓住那枕頭，一直到劉爺爺那不停掙扎的雙手沒了動作，完全脫力之後，劉奶奶才將枕頭從劉爺爺臉部移開，劉奶奶則是氣喘吁吁地往後退了好幾步，一屁股坐在了床上。

躺在躺椅上的劉爺爺已經沒了氣息。窗外的好天氣照得屋內的灰塵在陽光下無所遁形，劉奶奶看著屋裡的一切，覺得諷刺與可笑。自以爲把一生的青春給了這個男人這個家，到頭來才發現，其實自己把青春，丟進了廚餘桶裡……

當Jean被Sandra引導看到所謂的上兩世所發生的事情之後，Jean當場嚇醒，她對著Sandra直揮手。

「妳到底是讓我看到什麼？」Jean的氣息很亂，急喘著。

「我引導妳，看到妳的前世，甚至是前前世……」

「妳是說，那個女學生，那個劉奶奶，都是我的前世？」

「沒錯，而且，那個時空出現的人物，其實都會對應到妳的今生，妳仔細想想看，妳經歷過的前世裡面，有沒有跟妳這世的朋友很符合的人？」

「李素……是Sue，都是我的同學……還有劉奶奶那世出現的，素素小姐……他們，都是同一個人？劉文元就是Wayne？就是劉爺爺？是這樣的意思？那我看到這些，又能代表什麼？」

「那幾世裡面，都有人死了，對吧？」Sandra一路聽著Jean陳述那兩個故事，她自然對於細節瞭然於胸。

「對……」這一點的確讓Jean感到恐懼。

「妳有發現原因是什麼嗎？」

「是什麼？」

「都是因爲追查……」

「蛤？」

「第三者的出現，是因爲你們之間出現了問題，但是每一世，妳都在追查小三，因爲妳的執念，才會導致有人丟了性命，在我看來，妳這一世應該要學習的，就是不去追查這些事，不去在意這些人，就算眞的有小三，也只不過代表你們的感情出了問題，妳應該，學習放手……」Sandra講這番話時，語重心長，Jean體認到自己的確太在意Wayne那曾經被發現過卻沒有證據的小三，現在，更是因爲找不到這個人，才會讓Jean不停跑身心診所，求助於心理醫師。

Jean將自己的臉埋進雙手中，深呼吸著。她認眞思考著Sandra的話，期許自己可以做到看淡這一切，畢竟，只要她跟Wayne之間沒有問題的話，小三就沒有出現的可能性，而一旦眞的有第三者介入，那就代表自己沒做好女朋友的角色。

Jean越想越明，正打算抬頭向Sandra道謝時，忽然診間外面傳來吵雜聲，像是有人吵著要見Sandra！

「我要見王醫師，快點，我現在就要見到她！」聲音由遠至近，聽起來診間外的護士已經攔不住這病人。

「我出去處理一下，Jean，妳先坐著等我！」Sandra急著推開門，之後Jean聽到那名患者的聲音明顯地變小，看來心理醫師的現身與說法，眞的會給患者的心理帶來很大的力量。

就在Jean感嘆著心理醫師的功能時，Sandra忘記帶出去的手機，發出了來訊的聲響，因爲就擺在Jean的面前，Jean很自然地，看到了來訊者的名字以及訊息內容出現在手機螢幕上。

「王醫師，我去刺青了，雖然我不知道什麼原因，但我心裡舒坦多了，而且，上海的位子，也是我的了……」來自Zoe。

Jean的眼睛看著螢幕瞪直了。

Zoe，刺青，上海……這些關鍵字，不得不讓Jean開始產生聯想！這個Zoe是她認識的那個人嗎？那又爲什麼，Sandra要叫Zoe去刺青呢？Jean越想越不對，忽然想到什麼似的，她拿起自己手機，打了電話給Sue。

「問妳喔，妳背上的刺青，什麼時候刺的？」

「哎唷，妳有發現我背上的刺青呀，我還以爲妳都沒看到，怎樣，不錯看吧？」Sue得意的炫耀著。

「我是問妳什麼時候刺的？誰叫妳刺的？」

「凶什麼啦，就……我有在看心理醫生呀，是她建議我去刺的呀，她說這樣做會改善我的心情之類的……」

「她叫什麼名字？」

「中文我不知道啦，英文名字是Sandra……」Sue在那頭說著名字，卻把這頭的Jean帶進了無限的聯想中。

「王醫師，Sandra王……王依山……王奶奶……所以說，在任何一世裡面，Sandra妳都有安排自己出現，這到底是什麼道理呢……？」Jean自言自語著。

「Jean，妳在說什麼呀？」Sue在電話那頭聽得一頭霧水。

「沒事，我再跟妳說……」Sue講話的聲音未歇，Jean卻已經掛了電話。同時間，Sandra推開門，回到了診間。

「不好意思，常有這種患者，發病了就急著想要找人安撫……我們剛才聊到哪裡了？」Sandra很自然地看了一下自己手機，看到了Zoe的訊息之後，Sandra的眼神閃過一抹陰霾。

「我很想問妳一個問題！」Jean的表情莫名地嚴肅起來。

「嗯？」

「究竟妳引導我看的，是所謂的前世平行宇宙，還是妳催眠我，讓我看到一個妳創造出來的世界？」

「當然是妳的前世，妳沒發現，所有故事，都是經由妳自己的嘴巴說出口的嗎？」

「如果是我的前世，那麼我找到了對應 Sue 的人，也找到了對應 Wayne 的人，也找到了對應 Zoe 的人，當然也找到了我自己，可是，我沒有找到對應王依山，以及王奶奶的人，出現在現代，出現在這個現實裡面？」

「可能妳還沒遇到而已……？」

「妳幫我做這整套催眠的目的，是要我相信，如果眞的有這個第三者出現的話，我其實應該放手，讓 Wayne 跟這個第三者離去就好，不用追究，不用阻擾……」

「我是希望妳理解自己的心理狀態……」Sandra 的表情依舊溫和。

「所以妳利用妳心理醫師的權威，去讓 Zoe 和我的老同學 Sue，都在背上刺了桔梗圖案的刺青，目的就是爲了擾亂我的情緒，讓我來找妳，讓我更相信妳說的話，然後呢，好讓我眞的發現第三者是誰時，我可以不去追究，對嗎？」

「妳不要污衊我的專業……」Sandra 此時擺出了醫師的面孔。

「那，妳願不願意讓我看看，妳的背上有沒有刺青？王醫師……」Jean 最後的這句話，讓 Sandra 無話可說，只能和 Jean 大眼瞪小眼，那場景猶如柯南在故事最後，講出了犯人所作所爲的來龍去脈，讓犯人無所遁形一般。

「妳再繼續污衊我，我會請警衛把妳帶走……」Sandra 話剛說完，Jean 已經一個跨步，拿走 Sandra 辦公桌上的拆信刀，直接抵在 Sandra 的頸部。

「每一世都有人死不是嗎？但是死的都不是妳耶……如果眞的要改變，那這一世，是不是輪到妳先死了呢？」Jean 的談吐間透露著狂氣，眼神也像是失去理智般佈滿血絲。

「別這樣，妳別做傻事……那些都只是平行宇宙，不見得是眞的……」

「妳剛才不是說，這些都是我的前世嗎？那，我就要來改變這種輪迴了……」Jean 將使勁將刀刃抵得更深，此時 Sandra 的脖子上，被利刃硬生生地擠出了血痕。

「啊，是假的，是，是假的……對，我就是十年前跟 Wayne 發生過關係的那個小模，我雖然出國讀心理，但我一直沒忘記 Wayne，我愛他，我想要在他身邊……爲了他，我可以犧牲一切……眞的……」Sandra 嚇得臉都白了。

Jean 看著眼前的女人因爲恐懼而大聲吐出的實話，忽然一切都醒了。她在 Sandra 身

上看到了自己，也聽到自己一直沒有證實過的事情。而事實就是，Wayne就是劈腿，

這男人，根本，不值得，自己這麼犧牲。

青春，根本不應該浪費在這樣的人身上。

Jean想著這麼多年來自己付出的一切，情緒瞬間高漲。她越想越氣，越想越氣，最終她將拆信刀高高舉起，大叫了一聲，Sandra嚇得將自己眼睛給閉了起來，然而Sandra接著聽到的，卻是刀刃被扔擲在地上的金屬碰撞聲。當Sandra再度張開眼睛時，診間內早已經沒有半個人影了。

Jean走出診所，漫步在市區夜晚的街頭，回想自己這麼多年來可笑的付出，正在盤算著應該如何去跟Wayne做個了斷時，前老闆Kevin傳來了簡訊。

「Jean，再考慮一下吧，我始終認爲，上海的職位，是妳用青春換來的！」Jean看著手機裡的訊息，站在路燈下，馬路邊的灰塵在燈光下無所遁形，Jean遲疑了幾秒後，敲打著手機，輸入了幾個字回給Kevin。

「好啊，我也這麼覺得。」

Jean 忽然覺得，Wayne 的事情一點都不重要了，那個半身不遂的未來公公的死活，也不在她的考慮範圍內了，她忽然想起，在被催眠的過程裡，當她成爲劉奶奶的時候，最後在自家裡抱著女兒小柔時，小柔在她耳邊說了什麼。

「所以，妳是在後面巷子對妳爸告白的嗎？」劉奶奶問。

「怎麼可能！我是寫信跟爸爸講的，這事情，全世界只有爸知道而已……」

喔……原來如此……劉奶奶在那瞬間才明白了，原來眞的有這樣的第三者，是處心積慮想要破壞別人家庭，還妄想置身事外的呢……

（全文完）

LOVE 29

真。愛的平行宇宙

作　者─八番目字母
特約編輯─張美月
責任編輯─謝翠鈺
行銷企劃─江季勳
封面設計─群青制造所 Gunjo Studio
美術編輯─李宜芝

董 事 長─趙政岷
出 版 者─時報文化出版企業股份有限公司
10803 台北市和平西路三段二四〇號七樓
發行專線─（〇二）二三〇六六八四二
讀者服務專線─〇八〇〇二三一七〇五
（〇二）二三〇四七一〇三
讀者服務傳眞─（〇二）二三〇四六八五八
郵撥─一九三四四七二四時報文化出版公司
信箱─一〇八九九　台北華江橋郵局第九九信箱
時報悅讀網─ http://www.readingtimes.com.tw
法律顧問─理律法律事務所　陳長文律師、李念祖律師
印　刷─盈昌印刷有限公司
初版一刷─二〇二〇年一月十七日
定　價─新台幣三二〇元
缺頁或破損的書，請寄回更換

時報文化出版公司成立於一九七五年，
並於一九九九年股票上櫃公開發行，於二〇〇八年脫離中時集團非屬旺中，
以「尊重智慧與創意的文化事業」爲信念。

眞。愛的平行宇宙 / 八番目字母作 . -- 初版 . --
臺北市 : 時報文化 , 2020.01
面；　公分 . -- (LOVE ; 29)
ISBN 978-957-13-6597-8(平裝)

863.57　　108022511

ISBN 978-957-13-6597-8
Printed in Taiwan